- 南京大学文学院新生研讨课系列教材 -

诗词曲与音乐十讲

解玉峰 著

南京大学出版社

总 序

　　南京大学文学院始终把培养具有独立批判精神和开拓创新能力的研究型中文人才作为我们本科生培养工作的根本目标。为此，南京大学文学院自始至终都坚持对本科生创新思维能力的培养。作为人文学科的本科毕业生，如果仅仅只是熟练掌握了一套书本上的知识点而没有根本培养起独立的批判眼光和深厚的人文精神，那将是我们大学教师的严重失职，是我们大学人文学科本科教育的根本失败。南京大学文学院作为具有深厚学术传统的院系，理应担当起培养具有独立品格和思想的中文人才之重任。欲至此目标，对学生思考力的培养则成为教学之关键。由此，南京大学文学院曾于2007年推出了一套"大学研究型课程专业系列教材·中国语言文学类"的8部"研究导引"，作为我们本科教学中重要的教材，旨在培养文学院本科生对学术研究的兴趣，培养其学术研究的眼光。与之相配套，文学院针对高年级本科生陆续开设了"高年级研讨课"，以提高学生的创造性思维能力。

　　然而，在教学实践中，我们发现，由于受到中学语文教育之弊端的影响，一年级新生往往对大学中文专业存在着严重的误解和偏见，无法很好地适应研究型大学中文专业的培养模式，对中文专业的学术研究活动相当的陌生。这就会影响到高年级研讨课的质量和效果，进而影响到学年论文和毕业论文的质量。因此，要真正在本科阶段培养起学生独立思考的能力，必须让一年级新生一入学就能够有机会领略学术研究的方法，感受到学术研究的乐趣，尽快地摆脱中学语文应试教育模式的束缚，培养起独立思考的能力。为此，文学院开设了一系列的"新生研讨课"，内容涵盖中国古代文学、中国现当代文学、外国文学、汉语言文字学、文艺学和戏剧影视等文学院主干专业方向，让一年级新生在踏入大学校门之际就能够有机会体验到大学阶段学术探讨的快乐和艰辛，近距离地感受知名学者的学术风范，彻底地摆脱中学语文应试教育重知识点的传授和技能的训练而忽视思想的启发之弊端,为他们将来顺利地进入研究生阶段的学习做充分的准备。这一套"新生研讨课系列教材"即是我们近年来本科教学改革的一个成果。

文学院近年来开设的系列新生研讨课都是由文学院学养深厚的教授主讲,其中绝大多数都是博士生导师,是文学院各个专业的学术骨干。由这批学识精深的学术骨干来给一年级新生主讲研讨课,其实也是对他们的一个考验:考验他们能否在课堂上将自己学术研究的心得、见解深入浅出地讲解给一年级的同学;能否把自己学术研究的观点化为浅显易懂的语言;能否在讲授专业基础知识的过程中通俗明晰地把该学科最本质的内涵,把学术界最前沿的观点和争论化做一个个能为一年级同学所理解的具体的问题,供他们讨论。这实在不是一件轻松简单的事情。这项工作从某种意义上讲甚至比写专业学术文章更困难。然而可喜的是,文学院一批有着相当学术成就的学者献出了许多宝贵的时间和精力,把新生研讨课变成了他们展示自己学术观点、讨论学术前沿问题的特殊平台。这套"新生研讨课系列教材"便是他们这些努力的结晶。

教学相长,文学院始终把课堂教学视为推动教师学术研究不断深入的重要动力。我坚信,这套教材的出版,不仅将提升南京大学文学院本科教学,特别是本科低年级教学的水平,而且终将使文学院的学术研究从中受益。感谢南京大学出版社为文学院这套教材的顺利出版所做的一切。我相信,这套教材作为南京大学文学院本科教学改革的呈现,对中国研究型大学中文专业的本科生培养是有积极的借鉴意义的。

2013 年 3 月

目 录

第一讲　导论：诗、词、曲与音乐之关系 ………………………………… 1
　　一、中国式歌唱："文"为主、"乐"为从 ………………………………… 1
　　二、以文化乐："文体"决定"乐体" ……………………………………… 3
　　三、两类中国歌唱 ………………………………………………………… 5

第二讲　先秦歌唱之类别 ……………………………………………………… 9
　　一、民间歌舞 ……………………………………………………………… 9
　　二、巫觋之乐 ……………………………………………………………… 12
　　三、祭祀之乐 ……………………………………………………………… 14
　　四、朝会燕享乐 …………………………………………………………… 18
　　五、诗人歌诗 ……………………………………………………………… 22

第三讲　先秦韵文的文体特征 ………………………………………………… 26
　　一、《诗经》的文体 ………………………………………………………… 26
　　二、《楚辞》的文体 ………………………………………………………… 31
　　三、其他先秦民间歌谣的文体 …………………………………………… 37

第四讲　汉魏六朝歌唱之类别 ………………………………………………… 42
　　一、郊庙祭祀乐 …………………………………………………………… 42
　　二、宴飨乐 ………………………………………………………………… 45
　　三、军乐 …………………………………………………………………… 47

四、民间俗曲 ·· 51

第五讲　汉魏六朝歌唱"本辞"与"乐奏辞"之关系 ·············· 57
　　一、"本辞"添加和声而成"乐奏辞" ································ 57
　　二、"本辞"添加叠唱而成"乐奏辞" ································ 59
　　三、"本辞"添加套语而成"乐奏辞" ································ 63
　　四、随意增删"本辞"而成"乐奏辞" ································ 65

第六讲　汉唐"乐府诗"辨议 ·· 68
　　一、作为管理机构的"乐府" ·· 68
　　二、"乐府"作为一类文字观念的出现 ································ 70
　　三、古人何以把"乐府（诗）"视为一类 ···························· 75

第七讲　唐诗格律及中国韵文之演进 ···································· 82
　　一、律诗之格律 ·· 82
　　二、中国韵文演进的四个阶段 ·· 87

第八讲　律词之格律 ·· 100
　　一、律词之"律句" ·· 101
　　二、律词之"韵断" ·· 103
　　三、"律句"、"韵断"的意义与局限 ·································· 106

第九讲　南北曲的宫调与曲牌 ·· 109
　　一、宫调是否为音乐性 ·· 109
　　二、宫调与曲牌是否有隶属关系 ·· 114
　　三、曲牌是否是音乐单位 ·· 116
　　四、自"文"看宫调与曲牌 ·· 118

第十讲　诗词曲的歌唱 ··· 123
　　一、先秦两汉的歌唱 ··· 123
　　二、三世纪至八世纪中叶的歌唱 ································· 124
　　三、八世纪中叶至十六世纪中叶的歌唱 ························· 127
　　四、十六世纪中叶以后的歌唱 ···································· 130

参考文献 ·· 134
后记 ··· 135

◎ 第一讲　导论：诗、词、曲与音乐之关系

以诗、词、曲为代表的中国古代韵文，是中国古代文学中最富文学趣味，也最富民族特征的一类文字。韵文的首要特征在其韵，而韵文之所以要用韵，乃因为有韵之文更便于吟咏、歌唱。中国古代韵文源远流长，此类文字之所以生生不息，不断吸引着历代文人的参与和创造，一方面固然是因为诗、词、曲作为一类文字成为文人们表现其志趣、才情的重要载体，另一方面原因则是其始终与歌唱密切相关，"三百五篇，孔子皆弦歌之"（《史记》）。《诗经》、《楚辞》、汉魏六朝诗、唐诗、宋词、元曲，在当时都是可以歌唱的，故曲学大师吴梅先生尝云："一代之文，每与一代之乐相表里。"

我们今日研究以诗、词、曲为代表的中国古代韵文，当然可以单从文字或文献方面着眼，但如果能联系其所产生的音乐文化背景，或能获得更深入、更全面的理解。

一、中国式歌唱："文"为主、"乐"为从

诗、词、曲作为中国古代韵文的文类，其产生诚然有音乐以及礼乐文化的催动，其流传或兴盛也与音乐、歌唱息息相关，但我们也可以看到：

1. 诗、词、曲完全可以其文字本身而存在，且有其独立价值，许多诗作、词作、曲作可能从来就没有入唱，作家写作时也并不一定以入唱为目的；

2. 在古代中国，诗人、词人、曲家的社会地位一般远远高于乐工、伶人，中国文学，特别是中国韵文的高度成熟和发达也远早于、远胜于中国音乐。

在这样的文化背景中，"文"与"乐"作为歌唱虽构成一体两面，二者之间固然有矛盾和张力，但从总体而言，中国古代歌唱以"传辞"为第一目的。歌唱中"文"与

"乐"的关系,在总体上是"以文化乐","文"为主,"乐"为从,文体决定乐体(而不是"乐"为主、"文"为从)。具体地说,表现在以下四个方面:

1. 文体的"篇"、"章"、"段"等,必为乐体的"篇"、"章"、"遍"等;
2. 文体的"韵断"处①,必为乐体中"大住"(一般相当于今称之"乐段");
3. 文体的"句断"处,为乐体中的"顿"(相当于今称之"乐句"、"腔句");
4. 文体句中之"步"、"节",为唱句内句字出口的疾徐、张弛(快慢)。

所以,在总体上,我国的歌唱,无论何类何种,总是"文"为主、"乐"为从。同时,还有一个方面:"声"。"声",在"文"为句字的字读语音语调起伏,在"乐"是乐音旋律的高下。此二者如何结合,是歌唱中"文"、"乐"关系的又一方面。在总体上文体决定乐体的情况下,这个方面就有了决定性的意义。以旋律为主传唱文辞,还是以字读语音语调为主化为旋律,使我国的歌唱在构成上分为两类。

一类是以稳定或基本稳定的旋律,传唱(不拘其平仄声调的)文辞。这一类,我们称之为"以乐传辞"。

一类是依文辞句读句字的字读语音的平仄语调,化为乐音进行,构成旋律。这一类,称"依字行腔"或"依声行腔",完整地说,是"依字声行腔"。

现今可听得的,前者如《孟姜女》、《梳妆台》、《金丝鸟》一类民歌小调,后者如"大鼓"、"弹词"及板眼有则、行腔格范的"(昆)曲唱"。

总体上文体决定乐体,在"声"这个方面亦"依字声行腔"。故"依字声行腔"这类歌唱,是最具华夏民族特征的全面"以文化乐"的歌唱。

现实音乐中,又有兼"依字声行腔"和"以乐传辞"并用的第三类:以"依字声行腔"的"一人启唱"和"以乐传辞(或虚词)"的"众人接唱"构成的"一唱众接"。如"莲花落"、"高腔"等②。第三类可谓前两类的组合。

正因为中国式歌唱是"文"为主、"乐"为从、文体决定乐体,故以下我们关于以

---

① "韵断"这个词语是洛地先生发明的,用指韵文文体中"句"与"篇章"之间的结构单位——以必当用韵之处断分。凡韵文,"句"与"篇章"间必有"韵断"这一结构层次。如律诗,"韵断"为"联";律词之"双调",两"韵断"为"令",四"韵断"为"慢"。

② "莲花落"的结构为:由"一人"以"口语乐化"诵唱几句往往是即兴口编的文辞,然后"众人"接唱"莲花、莲花落"之类虚词。"高腔"的结构为:一文句分为两截,前截由"一人"作"口语乐化"的唱,后截由"众人"以"确定的旋律"即"定腔乐汇"作"接腔"、"帮腔"。"口语乐化"系"依字声行腔"之属,而"众人"之齐唱"定腔乐汇"为"以乐传辞"。

诗、词、曲为代表的中国韵文史的探讨,首先考察其文体,进而讨论其音乐及音乐文化背景。

二、以文化乐:"文体"决定"乐体"

中国式的"歌唱",其性质为"乐";同时,其内部"文"、"乐"关系是:关键在"文""化"为"乐",故可称"以文化乐"。"以文化乐"本是浑成的,一定要分开来说的话,大致可有四个方面:声乐、乐体、节奏、旋律。

1. 由所歌的(性质为"文"的)"诗"的文字文辞→字读的语音语调及文辞的意趣神色,化为(性质为"乐"的)"歌"的"声乐"——"四呼、五音"、"喷口—头腹尾—收音归韵"、"气息、呼吸、共鸣"等。

如"声乐"中"气息"的粗细、强弱等,"呼吸"中的气沉丹田等,"共鸣"中的头腔共鸣、胸腔共鸣等,当然不是"文"事而是"乐"事;然而,这些是从"文—文字文辞"化过来的,作用于"传辞"——以文化乐。

"文"与"乐"是不同的。在"诗—韵文",一切按"(韵)文"的逻辑,如其用韵,一般地说,最适合也最普遍的是"出句不韵,对句用韵"。其化而为"歌"之"乐",则按其"乐"的逻辑,最适合为句句韵,故有"出用仄韵,对用平韵"的格范,是所谓"场上歌"。"诗"之用韵在"文",有些曲调其用韵可极密,如【收江南】(徐渭)"改腔换妆。变娼做娘。虎伥拼羊。马缰捆麋。蔗浆拌糖。蒜秧捣姜。……"在本为一文句处连用了四十句短柱四言即二字一韵计八十小韵。"歌",则要求"吐字清晰",上引【收江南】不宜于"咏唱",是为"不宜唱的'文'辞",即所谓"案头曲"(狭义)。

2. 由所歌的(性质为"文"的)"诗"之"言(文字文辞)"→文体格式 → 化为"歌"的"乐体"。试举一例以示。

如由律诗"排律"的"文体"结构(以"出仄、对平"两句为一韵断——"联"的多韵断"单章体",首句有"首变",尾联有"尾变",联内出对两句平仄相对,上联的对句与下联的出句间平仄相粘)→ 综合为"戏曲"的"上句仄韵,下句平韵"→ 化为"歌"中"头可变—腹连绵—尾有定"结构的"乐体":

```
        文    体           乐    体   （头 腹 尾）

    ┌上句文辞仄 →首句唱腔往往为散唱等其他所替换  │头可变
韵断│           ----------------------------------
    └下句文辞平 →下句文辞的唱腔   （较促）┐     │  ∧
                                    │组合│     │理
    ┌上句文辞仄 →上句文辞的唱腔   （较舒）┘     │腹论
韵断│                                            │连上
    └下句文辞平 →下句文辞的唱腔   （较促）┐     │绵可
                                    │组合│     │  无
    ┌上句文辞仄 →上句文辞的唱腔   （较舒）┘     │  穷
韵断│                                            │  反
    └下句文辞平 →下句文辞的唱腔   （较促）┐     │  复
                                    │组合│     │  ∨
    ┌上句文辞仄 →上句文辞的唱腔   （转）  ┘     │
韵断│           ----------------------------------
    └末句文辞平 →  结煞句为有一定程式的终止乐句  │尾有定
```

"头"、"尾"之间的唱段的主体部分"腹"，文辞以"上下"为韵断与唱腔以"下上"为组合：文辞间歇时，音乐正在推进；唱腔舒弛时，文辞恰正提宕，形成一个似"链"状的交错结合——"腹连绵"，奇妙地完成为多韵断"单章体"文辞"传辞"的咏唱。

上面当然只是一个例子。"文"、"乐"体式里包含着许多内容。总的说，一是"文体"决定"乐体"，二是"乐体"性质为"乐"而非"文"。

3. 节奏节拍。由其所歌的(性质为"文"的)"诗"之"言(文字文辞)"中的"韵断、句式、步节"及情绪 → 文辞文字出口的快慢、促舒 → 化为(性质为"乐"的)"歌"的节奏"(板)拍"[①]。

[①] 我国"歌唱"的"快慢"，并不是以"一分钟多少个♩"衡量，而是以"(文)字"出口的疏密为准绳。如"♩=60"的一眼板与"♩=120"的三眼板，在我国的"唱"往往是相同的("板以分步"，一板一步，一般为两字)；如所谓"紧打慢唱"，其速度可达♩=280或以上，而"唱"却极"慢"——(文)字出口极疏。

文辞的"韵断、句式",按"文"的逻辑,使用平仄、奇偶及不同方式的组合。其化而为"乐"中的"拍",则按"乐"的逻辑,规范为"散板"、"单板"、"一眼板"、"三眼板"等。如七言 →"二二二一"四步 → 化而为"乐",用四"板",这是确定的。而这四"板",可以是:▲为实板,△为虚板;·为实眼,。为虚眼。如小调《孟姜女》:"正月·里来是新·春一",南曲【懒画眠】:"　月明云淡——露一华————浓———————"。

4. 乐音旋律。这也许是引起问题及讨论的焦点。但是,在中国的"歌"即"歌"之为"乐"中,"旋律构成"实为最末的一个方面。

三、两类中国歌唱

在总体上文体决定乐体的情况下,"声"这个方面是"依字读语音语调化为旋律",还是"以旋律传唱文辞",使我国的歌唱在旋律构成上分为两类。这里不能不看到的是:即使是后者(如现今的"小调"),也只是在"声"——"旋律构成"这个最具体的层面上"以旋律传唱文辞",而在总体上即在"篇章、韵断(乐段)、文句(乐句)、步节(节奏节拍)"歌唱的总体构成上仍然必定是"文为主、乐为从"——文体决定乐体,而不是文从属于乐的所谓"音乐文学"。

实际上,"歌"的(三种)表现方式:"诵"→"吟"→"乐唱"的递进演化,是非常自然、难分泾渭的。

论乐,不能不及乐谱。下即以西安高腔为例:

```
 ×|×   0×| ××    × ×| 6 1| 6 | 3 2| 1 1 0 3| 2| 6 2| 1 6| 5 ……
 我 把  鞋 面   线 束  拿    还    你,                        ……
 念 诵              乐 化      乐 唱
```

"念诵"并不必定通过"吟哦"向"乐唱"演化,它可以直接"乐化"。如上引念诵的"我把鞋面线束"可乐化为"滚唱"。事实上,人们往往唱作:

```
 3 | 2 | 02 23 | 23 | 61 | 6  3 2 11 | 03  2 62 16 | 5 ……
    我 把   鞋   面 线 束 拿 还 你,              ……
      滚唱——————————┘ 乐化  乐唱

 5 | 5 3 2 1 | 2 | 23 | 23 | 61 | 6  3 2 11 | 03  2 62 16 | 5 ……
    我        把   包 裹 雨 伞 拿 还 你,              ……
     吟——唱——————┘  滚唱—— 乐化  乐唱
```

下一乐段,把无乐音的念诵演化的"滚唱 3 2"再演化而为"吟唱 5-3·21 2-","鞋面线束"则仍是如"包裹雨伞"的"滚唱 2 3 2 3"。这类乐化是非常之多的,如本例《槐荫记·分别》的首曲【浪淘沙】为:

```
 2 - | 36 53 | 31 | 2 | 57 | 6 | 6 | 3 | 2 27 | 6 | 36 53 | 2 | 5 | 76 | 6
     趱 步      往 前  行。    茂 盛            槐 荫。
     吟——唱——————————┘     乐唱

 | 21 | 23 | 1 | 2 | 35 | 66 | 05 | 53 | 36 | 53 | 2
   悄 悄 行 到 平  阳 地。
    滚唱——————————┘    乐唱

 | 23 | 23 | 23 | 23 | 2 | 2 | 2 | 76 | 5 | 6 ‖
   放 下 包 裹 雨 伞 在 此 等        等 我 妻。
    滚唱——————————┘   乐唱
```

"吟唱"与"和声"组合。唐代所谓"和声"的曲子亦由此可以推知。

众人之所以可以接唱"和声",因为"和声"的旋律,大家都习惯、熟悉,不只是唱者习惯、熟悉,听者也习惯、熟悉——"习惯音调"。用"习惯音调",歌者可以"应口"而咏唱文辞,听者能听懂歌者所咏唱的文辞——这是第一目的。

乐唱的"习惯音调"亦由念诵、吟哦产生、形成。而"习惯音调"形成之后,其旋律:一、具有相对的稳定性;二、原则上具有地方性。各地有各自的"习惯音调"。这种各地不同的"习惯音调"往往被人们称为"地域特点"。凡是经过或听过若干年前各地地方戏曲移植"样板戏"的,都会了解:用各地本地的地方戏曲音乐唱腔,"样板戏"可以得到更多的听众。并不是因为它们的音乐一定比"样板京戏"更精致("移植样板戏"是尽可能地不改文辞的,依文辞去寻找与其相合适的"习惯音调"),而是因为它们是当地的"习惯音调",当地的群众更能听懂其所唱的文辞。

以"习惯音调"传唱文辞,就是中国"传统歌唱"中的"以稳定或基本稳定的旋律传唱文辞"。

用同样的"习惯音调"传唱不同的文辞,也就是人们通常说的"旧瓶装新酒"。而这种用"习惯音调"传唱(不同)文辞的"旧瓶装新酒",完全不是"因声造歌"、"因声度词",而是"旧瓶"装"新酒",不是"因"这个"(旧)瓶"去"造(新)酒"。我国歌唱以"传辞"为第一目的,所以"以旋律传辞",并不是"因声造歌"。

刘禹锡说"请君莫奏前朝曲,听唱新翻【杨柳枝】"。刘禹锡作了十首【杨柳枝】"为君回唱【竹枝】歌",接着作了十一首【竹枝】"回入【纥那】披绿波",又作了两首【纥那】"踏曲兴无穷,调同辞不同"。很显然:【杨柳枝】、【竹枝】、【纥那】是"旧瓶",刘禹锡用这些"旧瓶"是为了"装"他自己很以为得意的"新酒"——"调同辞不同"的"辞"——"以旋律传辞"。

我们提出:"是'依字读语音语调化为旋律',还是'以稳定或基本稳定的旋律传唱文辞',使我国的歌唱在旋律构成上分为两类",这是从"歌"的"旋律构成"上说的。而在音乐实际中,此二类则是并用兼成的。如上曾引例的"高腔"、"乱弹",与最典型的"依字声化为旋律"的如"曲唱"相比较,其在以"字清"为第一要求的前提下,犹有"过腔接字";与最典型的"以旋律传辞"的"小调"相比,在"旧瓶装新酒"的情况下,其又必须因不同文辞的语音语调调整行腔。绝对的"依字声化为旋律"和绝对的"以旋律传辞"可以说是没有的。

另一个更主要的方面在于,"依字声化为旋律"目的是妥帖地"传辞","以旋律传辞"目的也是便于"传辞",二者都是"人声传达文辞作咏唱"——"歌永言"。

如此,我国"歌"的旋律构成,其所歌的(性质为"文"的)文辞→文字字读的语音语调,及文辞文句→化为(性质为"乐"的)"歌"的乐音旋律,或"依字声化为旋律"或"以旋律传辞"。

以上,是"以文化乐"的四个方面;实际上,这所谓四个方面是综合浑成的。

"歌","乐"也。我国的"歌",以音乐元素按音乐逻辑构成、建设和发展自身,而以"传辞"为第一目的,以"文学思维"统制"音乐思维":"文为主,乐为从",由文体决定乐体。我国"歌"的艺术表现,"文"的因素占很重的以至主要的地位。"一二二一",阴阳合德,两仪生象。"歌永言","歌"所传的"文"制约着"乐",同时又为"乐"之成"歌"提供根据——中国的"歌",其中的"乐"受制于"文",同时又以"文"为根据化"乐"而成"歌"。中国传统的"歌",其"乐"的各个方面:声乐、乐体、节奏、旋律(无论是"依字声化为旋律"还是"以旋律传辞")的产生、呈现和艺术表现,都不是凭空出现的,都不是什么人任意或刻意想象出来的产物,而是有所依托、有所根据的:其依托、根据,就是"文"——伟大的汉字文化。

所以,"歌永言",是中国民族歌唱的特征。

◎ 第二讲　先秦歌唱之类别

从存世文献看，先秦时期已有相当数量的韵文或广义的诗歌。一般文学史著作在论及先秦韵语或广义的诗歌时，大都以讨论《诗经》、《楚辞》为主，也略提及其他韵语或诗歌。在笔者看来，如果结合各种韵语或诗歌具体使用的场景（社会功能）以及入乐情况，对它们进行分类、考察，将有助于我们更好地理解这些韵语或诗歌。在总体性把握先秦韵语或诗歌的历史背景之后，进一步讨论这些韵语或诗歌与音乐的关系问题，或可对其文字本身有更多理解。有鉴于此，这一讲将主要从功用的角度，把先秦歌唱加以分类，共分为五大类，即民间歌舞、巫觋之诗乐、祭祀乐、朝会燕享乐、诗人歌诗等。以下分别试加剖析。

一、民间歌舞

民间歌舞的产生源自最原始的情感需要。《毛诗序》曰："在心为志，发言为诗，情动于中，而形于言，言之不足，故嗟叹之，嗟叹之不足，故永歌之，永歌之不足，不知手之舞之足之蹈之。"《礼记·乐记》云："诗，言其志也；歌，咏其声也；舞，动其容也。三者皆本于心。"班固《汉书·艺文志》云："《书》曰'诗言志，歌咏言'。故哀乐之心感，而歌咏之声发。"沈约《宋书》也说："夫志动于中，则歌咏外发。……则歌咏所兴，宜自生民始也。"歌舞必有节奏，而有韵律才有节奏，歌舞每每与韵语同时发生（虽然很可能不能形诸文字、成为诗歌），故最早之韵语或诗歌必当为原始民间歌舞之诗。

《吕氏春秋》所载"葛天氏之乐"云："三人操牛尾，投足以歌八阕。"其事固难征信，但其所述则甚合情理。从现存文献，我们仍依稀可辨先秦民间歌舞诗之形态。

现存先秦民间歌舞诗主要见于《诗经》之《国风》。朱熹在《诗集传》中解释"国风"说"风者,民俗歌谣之诗也"。近人顾颉刚等认为"《国风》的大部分,都是采取平民的歌谣"。证之以相关文献,可知现存一些《国风》诗确乎自民间征集。《左传·襄公十四年》引《夏书》云:"遒人以木铎徇于路,官师相规,工执艺事以谏。"杜预注:"遒人,行令之官也。木铎,木舌金铃。徇于路,求歌谣之言。"《汉书·食货志》:"孟春之月,群居者将散,行人振木铎徇于路,以采诗,献之大师,比其音律,以闻于天子。故曰:王者不窥牖户而知天下。"《春秋公羊传注疏》卷十六"宣公十五年"何休注云:"男女有所怨恨,相从而歌,饥者歌其食,劳者歌其事。男年六十,女年五十无子者,官衣食之,使之民间求诗。乡移于邑,邑移于国,国以闻于天子。故王者不出牖户,尽知天下所苦;不下堂,而知四方。"

从后世民间歌舞诗来看,民间歌舞诗一般偏于底层普通民众思想情感的表达,多用合唱。准此以论,笔者以为以下诗篇或可归于民间歌舞诗一类。如《周南·桃夭》:

  桃之夭夭,灼灼其华。之子于归,宜其室家。
  桃之夭夭,有蕡其实。之子于归,宜其家室。
  桃之夭夭,其叶蓁蓁。之子于归,宜其家人。

《桃夭》可能是婚宴之上众多歌伴庆祝合唱的。又如《周南·芣苢》:

  采采芣苢,薄言采之。采采芣苢,薄言有之。
  采采芣苢,薄言掇之。采采芣苢,薄言捋之。
  采采芣苢,薄言袺之。采采芣苢,薄言襭之。

《芣苢》可能是采集芣苢的妇女们在山野中歌唱。又如《召南·鹊巢》:

  维鹊有巢,维鸠居之。之子于归,百两御之。
  维鹊有巢,维鸠方之。之子于归,百两将之。
  维鹊有巢,维鸠盈之。之子于归,百两成之。

一般认为,今本《诗经》所收诗篇被编辑成书时,应当经过了宫廷乐师们程度不一的改造和润饰,而民间歌舞诗被修改和润饰的程度可能远远高于其他类诗歌。虽然如此,我们仍然认为,《诗经》中《国风》应当保存了一些民间歌舞诗。

除《诗经》之外,《左传》、《国语》等先秦文献也保存了大量民间徒歌。如《左传·宣公二年》载,宋华元战败被俘,宋人将华元赎回,后华元逃归宋城,为植巡功,宋城者讴曰:

> 睅其目,皤其腹,弃甲而复。于思于思,弃甲复来。

《左传·哀公五年》,齐景公卒,莱人歌之曰:

> 景公死乎不与埋,三军之事乎不与谋。师乎师乎,何党之乎。

《国语·晋语》载,晋惠公入而背外内之赂,舆人诵之曰:

> 佞之见佞,果丧其田。诈之见诈,果丧其赂。得国而狃,终逢其咎。丧田不惩,祸乱其兴。

由以上几种徒歌,我们可以看到,虽然这些徒歌在形式上不像《诗经》那样整饬,但其文字显然也有意求形式美感。

先秦民歌,特别值得注意的是《荀子》所载《成相杂辞》。《成相杂辞》近两千言,皆整齐一致地重复使用三言、三言、七言、四言、七言的句式(如其起首为"请成相,世之殃,愚暗愚暗堕贤良。人主无贤,如瞽无相何伥伥")。一般认为《荀子》所载《成相杂辞》为民间舂谷时所歌。作为成于先秦时期的歌诗,其形式如此整饬,颇不可思议。我们当然可以解释为,《荀子》中的《成相杂辞》之所以形式严整,乃因其经过文人的修订和润饰,但此时的民间歌舞诗定然应有鲜明的追求形式整饬的意识。可惜因文献阙如,我们还无法展开更深入的讨论。

二、巫觋之乐

对早期文明而言,巫觋及其巫术活动在社会组织与社会活动中有极其重要的意义。虽然随着人类文明的发展,巫觋及其活动逐渐淡出人们的视野,但在中国先秦时代,其对整个社会文明的意义仍然非常重要。鲁迅先生在《汉文学纲要》中也注意到巫对中国诗歌的意义,云:

> 巫、史非诗人,其职虽止于传事,然厥初亦凭口耳,虑有愆误,则练句协音,以便记诵。

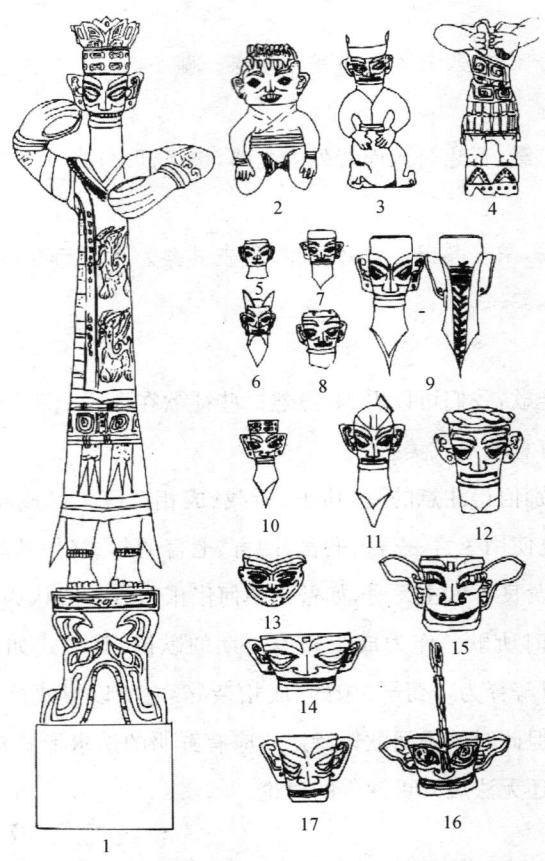

四川广汉三星堆出土的殷商时代青铜器

巫人之所以能成为"诗人",是因为巫人每以乐舞通神。"巫"、"舞"古音相同,《说文解字》释"巫"为"女能以舞降神者也"。而歌舞需有韵律节奏,其歌舞若能形诸文字即为诗歌。鲁迅先生认为,巫人之所颂,其初但凭口耳,为便于记忆乃有"练句协音"(成为诗歌)。但在笔者看来,巫人之唱诵自其初始当已有协韵之事。因为凡歌舞必有其韵律节奏,我们甚至可以大胆地说:凡早初之韵语可能无不与歌舞唱诵同生共存。故巫人之诗不必因为便于记忆而有意协韵,这与后世《千字文》、《三字经》为便于记忆而协韵是很不同的。

成于先秦时期的巫觋之诗,真正反映原貌的今已无从觅求,但仍然可以探寻其蛛丝马迹。如《吴越春秋》所载著名的《弹歌》:

断竹,续竹,飞土,逐宍。

《弹歌》八字,分述四事,有明显的巫术色彩。《吴越春秋》为东汉初年的赵晔所作,按其所载,《弹歌》产生于早于黄帝、神农之前的上古社会,视之为巫人诗本来面貌当然非常冒失,但仍有助于我们对原始巫人之诗的想象。

人类进入文明社会的标志之一,便是巫术活动的日渐理性化,对周人而言,则是试图将"巫"纳入"礼"的框架之内。《周礼·春官·宗伯》云:

大祝掌六祝之辞,以事鬼神示,祈福祥,求永贞。一曰顺祝,二曰年祝,三曰吉祝,四曰化祝,五曰瑞祝,六曰筴祝。掌六祈以同鬼神示,一曰类,二曰造,三曰禬,四曰禜,五曰攻,六曰说。作六辞以通上下亲疏远近,一曰祠,二曰命,三曰诰,四曰会,五曰祷,六曰诔。

由此可见,周大祝所作"六辞",即"祠"、"命"、"诰"、"会"、"祷"、"诔"可能都是由大祝念诵的,仍然不脱巫术的色彩。现存周人文献中仍然保留了一些巫术性质的祷辞,如《礼记·郊特牲》所载的《蜡辞》显系此类:

土反其宅,水归其壑,昆虫勿作,草木归其宅!

按《礼记》的说法，蜡事始于伊耆氏，"岁十二月合聚万物而索飨之也"。按郑玄注，伊耆氏为"古天子号"，孔颖达以为是神农，陆德明则以为是帝尧。我们可以肯定，宗周之前可能已有蜡事。虽然以上十七字的蜡辞，主要应视为周人的制作，但毕竟可以窥察蜡事中浓厚的巫术色彩。

又如《荀子》卷十九所载《祷雨辞》：

> 政不节与，使民疾与，何以不雨至斯极也！
> 宫室荣与，妇谒盛与，何以不雨至斯极也！
> 苞苴行与，谗夫兴与，何以不雨至斯极也！

按《荀子》所载，商汤时遇旱，汤乃代民祷雨，在这里商汤显然是一"大巫"。又如《史记·滑稽列传》载淳于髡事时，提到的《禳田辞》也是此类：

> 齐威王使淳于髡之赵请兵御楚，……淳于髡曰：臣从东方来。见道旁有禳田者，操豚。酒一盂。而祝曰云：瓯窭满篝，污邪满车。五谷蕃熟，穰穰满家。

按，"车"、"家"皆为上古音的鱼部韵。《史记》此节提到的"禳田"也应当视为巫人活动。虽然先秦时期民间巫人的活动应当极其丰富，与此相应，巫人之诗也应很多，但其被载诸文字的机会却极少（后世亦然），今人所见的巫人之诗在流传过程中总不免遭到或多或少的改造（包括本文本节以上所列举）。虽然如此，仍宜区别对待，借以显示其在先秦各种韵文中的重要地位。

三、祭祀之乐

祭祀天地或日月山川、先公先王，以求人神交通，获得各种神灵或祖先的福佑，这种行为从根本来看当然是一种巫的行为，故本节所谓"祭祀之诗"与上节"巫人之诗"本来很难分别，之所以将"祭祀之乐"特别提出，主要是考虑到祭祀天地、祖先及各种神鬼的活动,在宗周时代逐渐被纳入"礼"的轨道,从而与此前产生根本性差异。周人将各种祭祀均纳入严格的礼制中。《礼记·曲礼下》云:

  天子祭天地,祭四方,祭山川,祭五祀,岁遍。诸侯方祀,祭山川,祭五祀,岁遍。大夫祭五祀,岁遍。士祭其先。凡祭:有其废之,莫敢举也;有其举之,莫敢废也。非其所祭而祭之,名曰淫祀,淫祀无福。

  故周统治者的祭祀活动在相当大的程度上是一种实用的、理性的行为,孔夫子所谓"敬鬼神而远之"正是这种行为极好的注脚。反过来说,也只有被周"礼"接纳并改造的"巫"术行为——主要是上层阶级的各种祭祀活动,才有可能广被记录,而巫术色彩更加浓厚的民间祭祀活动往往因被视为"淫祀"而遭到批判和禁止。

战国曾侯乙 编钟

战国曾侯乙 编磬

与这种祭祀仪式相应,先秦很多诗都是为此目的而写作的。最著名的当然是《诗经》"三颂"以及《大雅》、《小雅》中的部分诗作。《周颂》、《鲁颂》、《商颂》,"三颂"中有许多诗篇都是祭祀祖先的。如《周颂·烈文》:

烈文辟公,锡兹祉福。惠我无疆,子孙保之。无封靡于尔邦,维王其崇之。念兹戎功,继序其皇之。无竞维人,四方其训之。不显维德,百辟其刑之。於乎,前王不忘!

又如《商颂·烈祖》:

嗟嗟烈祖!有秩斯祜。申锡无疆,及尔斯所。既载清酤,赉我思成。亦有和羹,既戒既平。鬷假无言,时靡有争。

"三颂"中那些主要是歌功颂德的诗篇,在当时应是在宗庙中祭祀祖先所用。故

《易·豫》："先王以作乐崇德,殷荐之上帝,以配祖考。"《诗大序》云："颂者,美盛德之形容,以其成功告于神明者也。"朱熹在《诗集传》中说："颂者,宗庙之乐歌。"宋郑樵《通志序》中说："宗庙之音曰'颂'。"

自文献来看,西周以后,各王朝无不重视此类音乐,其在文献中往往被称为先王"古乐"、"雅乐"而与世俗的、直接娱乐或刺激感官的"俗乐"、"新声"、"郑声"对照,而"古乐"往往单调乏味。《韩非子·十过》载:

> 昔者卫灵公将之晋,至濮水之上,税车而放马,设舍以宿。夜分,而闻鼓新声者而说之,使人问左右,尽报弗闻。乃召师涓而告之曰:"有鼓新声者,使人问左右,尽报弗闻,其状似鬼神,子为听而写之。"师涓曰:"诺。"因静坐抚琴而写之。遂去之晋。晋平公觞之于施夷之台,酒酣,灵公起曰:"有新声,愿请以示。"平公曰:"善。"乃召师涓,令坐师旷之旁,援琴抚之。未终,师旷抚止之,曰:"此亡国之声,不可遂也。"平公曰:"此道奚出?"师旷曰:"此师延之所作,与纣为靡靡之乐也。及武王伐纣,师延东走,至于濮水而自投,故闻此声者必于濮水之上。先闻此声者其国必削,不可遂。"平公问师旷曰:"此所谓何声也?"师旷曰:"此所谓清商也。"

《论语·阳货》说孔子:"恶郑声之乱雅乐也。"《论语·卫灵公》孔子论治国之道云:"行夏之时,乘殷之辂,服周之冕,乐则《韶》舞,放郑声,远佞人。郑声淫,佞人殆。"《礼记·乐记》载魏文侯(前424—前396年在位)向子夏问乐:"吾端冕而听古乐,则惟恐卧;听郑卫之音,则不知倦。敢问古乐之如彼,何也?新乐之如此,何也?"《孟子·梁惠王下》齐宣王(前320—前302年在位)对庄暴说:"寡人非能好先王之乐也,直好世俗之乐耳。"《南齐书·萧惠基传》云:"自宋大明以来,声伎所尚多郑卫,而雅乐正声鲜有好者。"

但应当指出的是,"三颂"中也有些诗篇并非祭祀祖先而用,而是在其他祭祀仪式中使用。如《周颂》中的《载芟》、《良耜》分别为春祈、秋报时祭祀土地神、谷神的诗。《良耜》诗云:

畟畟良耜，俶载南亩。播厥百谷，实函斯活。或来瞻女，载筐及筥，其饟伊黍。其笠伊纠，其镈斯赵，以薅荼蓼。荼蓼朽止，黍稷茂止。获之挃挃，积之栗栗。其崇如墉，其比如栉。以开百室，百室盈止，妇子宁止。杀时犉牡，有捄其角。以似以续，续古之人。

《毛诗序》曰："《良耜》，秋报社稷也。"《诗经》中用于祭祀仪式的诗篇不独见于"三颂"，《大雅》、《小雅》中也有不少。如《小雅》中的《楚茨》、《信南山》、《甫田》、《大田》都是祭祀田神、农神和四方神所用诗篇。《大雅》中也有许多用于祭祀的诗，作为宗庙之诗，用于祭祀列祖列宗者，如《文王》、《大明》、《绵》、《棫朴》、《思齐》、《皇矣》、《下武》、《文王有声》、《生民》、《既醉》、《凫鹥》、《卷阿》等，这些诗篇其祭祀对象有的很难确指，有的则较为显明。如《文王》有：

　　文王在上，于昭于天。周虽旧邦，其命维新。有周不显，帝命不时。文王陟降，在帝左右。亹亹文王，令闻不已。陈锡哉周，侯文王孙子。文王孙子，本支百世，凡周之士，不显亦世。世之不显，厥犹翼翼。思皇多士，生此王国。王国克生，维周之桢；济济多士，文王以宁。

朱熹《诗集传》以为《文王》"于天人之际、兴亡之理，丁宁反复至深切矣。故立之乐官，而因以为天子诸侯朝会之乐。盖将以戒乎后世之君臣，而又以昭先王之德于天下也"。然细绎其辞可见，《文王》主要内容在歌颂文王功德，其初始或当用于祭祀文王，后有可能成为朱夫子所谓"朝会之乐"。

四、朝会燕享乐

在祭祀仪式中，"乐"为人与神鬼的媒介，不可或缺。而在朝会、燕享等重要仪式中，"乐"与"礼"则互为表里，也常常同体共存。《礼记》"乐记"篇云："故人不耐无乐，乐不耐无形；形而不为道，不耐无乱。先王耻其乱，故制《雅》、《颂》之声以道之，使其声足乐而不流，使其文足论而不息，使其曲直、繁瘠、廉肉、节奏足以感动人之善心而已矣,不使放心邪气得接焉。是先王立乐之方也。是故乐在宗庙之中,君臣上下同听之,则莫不和敬;在族长乡里之中,长幼同听之,则莫不和顺;在闺门之内,父子兄弟同听之,则莫不知亲。"周人正是在这样的观念中,举凡朝觐、聘问、燕射、乡饮等重要仪式,无不用乐。其所用之乐,有器乐(主要用笙、瑟演奏),但主要是声乐,即歌唱诗篇。如《仪礼》"燕礼"篇载燕享时用乐云:

　　乐正先升,北面立于其西。小臣纳工,工四人,二瑟。小臣左何瑟,面鼓,执越,内弦,右手相。入,升自西阶,北面东上坐。小臣坐授瑟,乃降。工歌《鹿鸣》、《四牡》、《皇皇者华》。卒歌,主人洗升献工,工不兴。左瑟一人拜受爵,主人西阶上拜送爵。
　　……
　　卒,笙入,立于县中。奏《南陔》、《白华》、《华黍》。
　　……
　　主人洗,升,献笙于西阶上。……乃间歌《鱼丽》,笙《由庚》;歌《南有嘉鱼》,笙《崇丘》;歌《南山有台》,笙《由仪》。遂歌乡乐:《周南》《关雎》、《葛覃》、《卷耳》、《召南》《鹊巢》、《采蘩》、《采蘋》。大师告于乐正曰:"正歌备"。乐正由楹内、东楹之东,告于公,乃降复位。

又如《周礼·春官·宗伯》载射礼云:

　　凡射,王以《驺虞》为节,诸侯以《狸首》为节,大夫以《采蘋》为节,士以《采蘩》为节。凡乐,掌其序事,治其乐政。凡国之小事用乐者,令奏钟鼓。凡乐成,则告备,诏来瞽皋舞。

又比如《左传》载襄公四年,穆叔访晋,晋侯燕享之,云:

　　晋侯享之,金奏《肆夏》之三,不拜。工歌《文王》之三,又不拜。歌《鹿鸣》之三,三拜。韩献子使行人子员问之曰:"子以君命辱于敝邑,先君之

礼,藉之以乐,以辱吾子。吾子舍其大,而重拜其细。敢问何礼也?"对曰:
"三夏,天子所以享元侯也,使臣弗敢与闻。《文王》,两君相见之乐也,臣不
敢及。《鹿鸣》,君所以嘉寡君也,敢不拜嘉?《四牡》,君所以劳使臣也,敢
不重拜?《皇皇者华》,君教使臣曰:'必咨于周。'臣闻之:'访问于善为咨,
咨亲为询,咨礼为度,咨事为诹,咨难为谋。臣获五善,敢不重拜?'"

按《周礼》、《仪礼》、《礼记》及《左传》、《国语》等文献记载,朝会燕享所用歌诗皆出于《诗经》的《周南》、《召南》、《小雅》、《大雅》及《周颂》①。由此可见,今本《诗经》在编排上至少反映了其成书时代《周南》、《召南》与《小雅》、《大雅》及《周颂》与其他十三"国风"及《商颂》、《鲁颂》是很有不同的,只有出于上述类别中的诗篇才能用于朝会燕享的仪式。

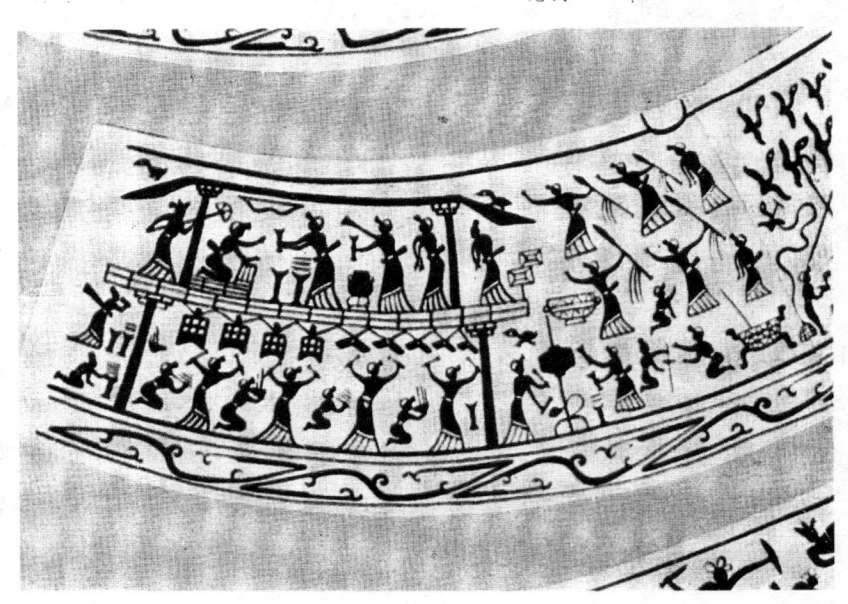

战国宴乐舞图(成都百花潭出土纹壶)

---

① 出于《周南》者为《关雎》、《葛覃》、《卷耳》,出于《召南》者为《鹊巢》、《采蘩》、《采蘋》、《驺虞》,出于《小雅》者为《鹿鸣》、《四牡》、《皇皇者华》、《鱼丽》、《南有嘉鱼》、《南山有台》,出于《大雅》者为《文王》、《大明》、《绵》,出于《周颂》者为《酌》、《清庙》、《振鹭》,出于逸诗者为《狸首》、《南陔》、《白华》、《华黍》、《由庚》、《崇丘》、《由仪》、《采齐》等。

从具体内容来看，《小雅》、《大雅》中有很多诗篇的确有明显的仪式化色彩。如《小雅·鹿鸣》：

呦呦鹿鸣，食野之苹。我有嘉宾，鼓瑟吹笙。吹笙鼓簧，承筐是将。人之好我，示我周行。

呦呦鹿鸣，食野之蒿。我有嘉宾，德音孔昭。视民不恌，君子是则是效。我有旨酒，嘉宾式燕以敖。

呦呦鹿鸣，食野之芩。我有嘉宾，鼓瑟鼓琴。鼓瑟鼓琴，和乐且湛。我有旨酒，以燕乐嘉宾之心。

与上述诗篇相似，《周南》之《螽斯》、《麟之趾》，《召南》之《何彼襛矣》、《驺虞》，《小雅》之《常棣》、《宾之初筵》、《伐木》、《天保》、《鱼丽》、《蓼萧》、《湛露》、《彤弓》、《吉日》、《頍弁》、《鸳鸯》、《鱼藻》、《采菽》、《瓠叶》，《大雅》之《既醉》、《凫鹥》、《韩奕》、《江汉》、《常武》等诗篇，从内容来看也大都是描绘燕礼场面，多歌舞升平的气氛描写，这些诗篇本身应当是为朝会燕享仪式需要而产生的。

朱熹《仪礼经传通解》所存《风雅十二谱》之《鹿鸣》唱谱

但值得指出的是，《周南》、《召南》、《大雅》和《周颂》绝大多数诗篇、《小雅》半数以上的诗篇，从内容来看并不适宜于燕礼。如出自《小雅》的《采薇》：

采薇采薇，薇亦作止。曰归曰归，岁亦莫止。靡室靡家，玁狁之故。不遑启居，玁狁之故。

采薇采薇，薇亦柔止。曰归曰归，心亦忧止。忧心烈烈，载饥载渴。我戍未定，靡使归聘。

采薇采薇，薇亦刚止。曰归曰归，岁亦阳止。王事靡盬，不遑启处。忧心孔疚，我行不来！

从诗歌内容来看，《采薇》很显然抒发的是征人劳役之苦，个人色彩很浓。其他如《出车》、《杕杜》、《鸿雁》、《沔水》、《白驹》、《我行其野》、《正月》、《小宛》、《巷伯》、《四月》、《小明》、《隰桑》、《白华》、《苕之华》等也是如此。即使《仪礼》、《礼记》等文献提到用于燕礼仪式的《关雎》、《葛覃》、《卷耳》等诗，从内容来看，也与庄重肃穆的仪式性场景不睦。故笔者认为，《诗经》中有可能保存了一些朝会燕享诗（特别是《小雅》），但如果把《周南》、《召南》、《小雅》、《大雅》中的诗篇都视为朝会燕享诗则证据不足，虽然其中有些诗篇后来被应用于朝会燕享，但其初始不一定直接因朝会燕享之用而产生。

以上讨论朝会燕享诗仅就主要反映周人生活的《诗经》而言，夏、商两族的仪式诗当亦有之，唯文献阙如，未能加以讨论。但将朝会燕享诗视为先秦韵语之重要一类，当基本符合历史实际。

五、诗人歌诗

与以上讨论的"民间歌舞诗"、"巫人之乐"、"祭祀之乐"以及"朝会燕享乐"有所不同，本节所谓"诗人之诗"是指用"诗"这种文字形式来抒发个人情志的一类诗，而民间歌舞诗、巫人之诗、祭祀之诗以及朝会燕享诗表达的则主要是一种集体性或程式化的、非个人化的思想情感，所以此类诗才是真正意义的"诗言志"。从"文"与

"乐"的结合来看,集体性的诗歌其"文"与"乐"有较密切的联系,可以说是彼此依存,而在"诗人之诗"中,"诗"(或文字)却是主要的和第一位的,"乐"是从属性质的,"文"甚至可以完全脱离"乐"。从歌唱形式而言,集体性的诗在咏唱时大多是合唱("巫人之诗"情况稍异),而"诗人之诗"主要是独唱。

与后世陶潜、杜甫等"诗人之诗"不同,先秦时期的"诗人之诗"(主要是见于《诗经》、《楚辞》)其作者多无名,但有些诗歌会在诗篇中直接说出写作之由甚至作者名姓。如:

> 作此好歌,以极反侧。(《小雅·何人斯》)
> 家父作诵,以究王讻。(《小雅·节南山》)
> 寺人孟子,作为此诗。凡百君子,敬而听之。(《小雅·巷伯》)
> 君子作歌,维以告哀。(《小雅·四月》)
> 岂不怀归?是用作歌,将母来谂。(《小雅·四牡》)
> 吉甫作诵,其诗孔硕。其风肆好,以赠申伯。(《大雅·崧高》)
> 吉甫作诵,穆如清风。仲山甫永怀,以慰其心。(《大雅·烝民》)
> 虽曰匪予,既作尔歌!(《大雅·桑柔》)

在通常情况下,诗篇中一般会借用"我"字显现其个人化情志,如思念征人的《王风·君子于役》:

> 君子于役,不知其期。曷至哉?鸡栖于埘。日之夕矣,羊牛下来。君子于役,如之何勿思!君子于役,不日不月。曷其有佸?鸡栖于桀。日之夕矣,羊牛下括。君子于役,苟无饥渴?

其他如《豳风·东山》、《郑风·将仲子》、《秦风·蒹葭》等以抒发个人思想情感为主的作品,在《诗经》中实在不胜枚举。我们认为,《诗经》十五"国风"的大多数诗篇以及《小雅》中部分诗篇都应归为此类。

先秦时期的"诗人之诗"除《诗经》外,《楚辞》的绝大多数作品也应归为此类。此外,有些文献中所载诗歌,似也应归为这一类。如《礼记·檀弓》所载孔子谢世前所歌:"泰山其颓乎?梁木其坏乎?哲人其萎乎?"《孟子》所载隐者之歌:"沧浪之水清兮可以濯我缨,沧浪之水浊兮可以濯我足。"《战国策》所载冯谖所歌:"长铗归来乎食无鱼。长铗归来乎出无车。长铗归来乎无以为家。"这些歌唱作为文献虽不尽可靠,但至少反映了《诗经》、《楚辞》之外,一定仍存在抒发个人思想的诗歌。

行文至此,我们现在可以讨论《诗经》"风"、"雅"、"颂"的划分问题。《诗经》作为中国文学、中国文化的经典,其文本形成应当经历以下两个阶段:一是最初的独立创作与形成阶段(主要是十五"国风"),二是被搜集、修订并编集的阶段。"风"、"雅"、"颂"名目的形成应当在第二个阶段。《论语》中夫子自道"吾自卫返鲁,然后《雅》、《颂》各得其所"。《论语》中又有"诗三百"之说。由此来看,直到孔子时代,今本《诗经》的编订才基本完成,且已经有"雅"、"颂"的名目分类。先秦时期人谈及《诗经》未见有"风"的名目,但如果已有"雅"、"颂"之分,则"雅"、"颂"之外的篇目显然被归为另一大类,其是否名曰"风"并不甚重要("风"诗当然又可分为两类,即"二南"(《周南》、《召南》)和其他十三"国风")。自汉《毛诗》以来,"风"、"雅"、"颂"已成为《诗经》阐释中不可分割的一部分,朱熹、郑樵等人关于"风"、"雅"、"颂"的解释被普遍接受。如郑樵《通志序》中说:"风土之音曰'风',朝廷之音曰'雅',宗庙之音曰'颂'。"朱熹《诗集传》中说:"风者,民俗歌谣之诗也","正小雅,燕享之乐也;正大雅,会朝之乐,受釐陈戒之辞也","颂者,宗庙之乐歌"。从总体来看,这样理解"风"、"雅"、"颂"也大致不错,但从具体内容和功用看,"风"、"雅"、"颂"的划分并非如历代《诗经》学者所解说的那样整齐分明,仍有不少问题。

首先,从歌唱或"乐"的角度看,由于中国歌唱都是"歌永言",在大多数情况下是以方言入唱、咏唱,不同的方言使用不同的语音语调,故十五"国风"如果付诸歌唱,其音乐风格确实会显示地域性差异(所谓"风土之音")。同样,如果用周天子所在王畿地区的官话(即周王朝通用语或"雅言")歌唱《大雅》、《小雅》以及《周颂》《商颂》、《鲁颂》应分别用宋国方言、鲁国方言歌唱),其风格当异于其他"风土之音"。但我们应当认识到,真正意义的方言大多只能存在口语中,很难用通用的汉语文字体现(今日犹然),从今本《诗经》中我们已基本看不到各国方言的烙印,《小雅》、《大雅》和"三颂",特别是十五"国风",都已显然经过周宫廷乐师或孔夫子一类人物的系统修订和润饰,完全脱去了其原始可能存在的民间色彩或地方性色彩。《诗经》"风"、"雅"、"颂"的文字大都是当时通用的"雅言"。所以在这样的情况下,认为十五"国风"为"风土之音"("风土之音"按理应包括《商颂》、《鲁颂》),《小雅》、《大雅》为"朝廷之音"("朝廷之音"按理应包括《周颂》),并没有实际的分类意义。

其次,在十五"国风"中,《周南》、《召南》两类"国风"显然地位更重要,故今本《诗经》"风"诗首列《周南》、次为《召南》。从《周礼》、《仪礼》、《礼记》及《左传》等先秦文献看,朝会燕享等重要仪式中也会歌唱《周南》、《召南》,而绝不用其他十三国"风"诗。可见《周南》、《召南》不能像其他"国风"一样被看为"风土之音"。

第三,从具体内容来看,十五"国风"中绝大多数诗篇抒发个人情感思想,应归为"诗人之诗",其中体现集体性情感思想的民歌民谣或对各地风土人情的反映是十分有限的,笼统地称之为"风土之音"极易导致误解。《小雅》中确实有一些诗篇应当用于当时朝会燕享等特殊仪式性场景,可以称之为"朝廷之音",但《小雅》半数以上的诗篇应归为"诗人之诗",称之为"朝廷之音"不尽符合事实。《大雅》中则仅有少数几篇可称之为"朝廷之音",而《大雅》中很多诗篇从内容上来看是"宗庙之音",用于祭祀祖宗功德,也有一些诗篇显然用于其他场景的祭祀仪式,故《大雅》之功用实更近于"颂",而与《小雅》差别甚大。对三"颂"而言,《鲁颂》、《商颂》以及《周颂》的大多数诗篇都可以认为是"宗庙之音",但《周颂》中也有些诗篇显然用于其他情况的祭祀(如祭祀田神、土神、雨神等),并非是祭祀其先王、祖先,故一概称之为"宗庙之音"也有不妥。《汉书·礼乐志》云:"周道始缺,怨刺之诗起。王泽既竭,而诗不能作。王官失业,《雅》、《颂》相错,孔子论而定之,故曰:'吾自卫反鲁,然后乐正,《雅》、《颂》各得其所。'"从实际内容来看,"《雅》、《颂》相错"的情况仍然普遍存在,并没有真正"各得其所"。

故从具体内容及其可能具有的实际功用来看,《诗经》"风"、"雅"、"颂"并不像传统诠释的那样整齐分明。虽然两千多年来《诗经》"风"、"雅"、"颂"的划分以及历代经学家对"风"、"雅"、"颂"的诠释,已成为我们今日理解《诗经》本身必不可少的组成部分,我们必须继承这些遗产才能更好地理解《诗经》,但我们也应认识到,《诗经》在被乐师们或孔子等编订成书时可能并没有非常明确的分类标准,所以始终遗留了各类内容的相互交叉和掺杂等问题,如果整齐地按照"风"、"雅"、"颂"名目去理解《诗经》可能存在严重问题。

◎第三讲　先秦韵文的文体特征

近人王国维在其《人间词话》中说:

四言敝而有楚辞,楚辞敝而有五言,五言敝而有七言,古诗敝而有律、绝,律、绝敝而有词。盖文体通行既久,染指遂多,自成习套。豪杰之士亦难于其中自出新意,故遁而作他体,以自解脱。一切文体所以始盛终衰者,皆由于此。

王国维所谓"四言"乃就《诗经》而言。我们也以《诗经》、《楚辞》作为先秦韵文之代表,但"四言敝而有楚辞"的说法实有待继续探讨。

一、《诗经》的文体

《诗经》自文体来看,四字句(四字句与四言实有不同)使用确实很普遍。如《周南·樛木》:

南有/樛木,葛藟/累(liuəi)/之。
乐只/君子,福履/绥(siuəi)/之。（微部）

南有/樛木,葛藟/荒(xuang)/之。
乐只/君子,福履/将(tziang)/之。（阳部）

南有/樛木,葛藟/萦(iueng)/之。
乐只/君子,福履/成(zjieng)/之。(耕部)

《周南·樛木》三章,换章即换韵(用韵归类主要依据王力《诗经韵读》),每章中仅变换有限的几个字(即"累"、"荒"、"萦"与"绥"、"将"、"成"),非常之齐整。每句四字,韵字后的"之"字显然为凑成四字而设,也就是说有些四字句不为纯正之四字句。又如《周南·汉广》:

南有/乔木,不可/休(xiu)/思。
汉有/游女,不可/求(giu)/思。(幽部)
汉之/广(kuang)/矣,不可/泳(hyuang)/思。
江之/永(hyuang)/矣,不可/方(hyuang)/思。(阳部)

翘翘/错薪,言刈/其楚(tsia)。
之子/于归,言秣/其马(mea)。(鱼部)
汉之/广(kuang)/矣,不可/泳(hyuang)/思。
江之/永(hyuang)/矣,不可/方(hyuang)/思。(阳部)

翘翘/错薪,言刈/其蒌(lio)。
之子/于归,言秣/其驹(kio)。(侯部)
汉之/广(kuang)/矣,不可/泳(hyuang)/思。
江之/永(hyuang)/矣,不可/方(hyuang)/思。(阳部)

《周南·汉广》全篇也是整齐四字句,但"思"、"矣"都是凑成四字的虚字。《诗经》虽多为四字句,但有些诗篇显然非四字句。又如《召南·野有死麕》:

野有/死麕(kyuən),白茅/包(peu)/之。(与"诱"协)
有女/怀春(thjiuən)(文部),吉士/诱(jiu)/之。(幽部)

林有/朴樕(sok)，野有/死鹿(lok)。
白茅/纯束(sjiok)，有女/如玉(ngiok)。（屋部）
舒而/脱脱(thuat)/兮，无感/我帨(sjiuat)/兮，无使/尨也/吠(biuat)。

《召南·野有死麕》以"之"、"兮"凑成四字句，而最末一章为五字句。《诗经》实际有许多诗句非四字句者，如《邶风·北门》：

出自/北门(muən)，忧心/殷殷(iən)。
终窭/且贫(biən)，莫知/我艰(kiən)。（文部）
已焉/哉，天实/为(hiuai)/之。
谓之/何(hai)/哉。（歌部）

王事/适(sjiək)/我，
政事/一埤/益(iək)/我。
我入/自外，室人/交徧/谪(tək)/我。（锡部）
已焉/哉，天实/为(hiuai)/之。
谓之/何(hai)/哉。（歌部）

王事/敦(tuan)/我，
政事/一埤/遗(jiuəi)/我。
我入/自外，室人/交徧/摧(dzuəi)/我。（文微通部）
已焉/哉，天实/为(hiuai)/之。
谓之/何(hai)/哉。（歌部）

《邶风·北门》中应当说有三字句、六字句。其中杂用"哉"、"我"、"之"三虚字，如不计虚字则为二字句、三字句、四字句及五字句。又如《小雅·南有嘉鱼》：

南有/嘉鱼，烝然/罩罩(teôk)。

君子/有酒,嘉宾/式燕/以乐(lôk)。(药部)

南有/嘉鱼,烝然/汕汕(shean)。
君子/有酒,嘉宾/式燕/以衎(khan)。(元部)

南有/樛木,甘瓠累(liuəi)/之。
君子/有酒,嘉宾/式燕/绥(siuəi)/之。(微部)

翩翩者/鵻,烝然/来(lə)/思。
君子/有酒,嘉宾/式燕/又(hiuə)/思。(之部)

《小雅·南有嘉鱼》杂用"之"、"思"二虚字,表面为六字句、四字句,如不计虚字则为三字句、四字句及五字句。又如《魏风·伐檀》:

坎坎/伐檀(dan)/兮,
寘之/河之干(kan)/兮。
河水/清且涟(lian)/猗。
不稼/不穑,胡取禾/三百/廛(dian)/兮。
不狩/不猎,胡瞻/尔庭/有县/貆(xiuan)/兮。
彼君子兮,不素餐(tsan)/兮。

坎坎/伐辐(piukə)/兮,
寘之/河之侧(tzhiək)/兮。
河水/清且直(diək)/猗。
不稼/不穑,胡取禾/三百/亿(iək)/兮。
不狩/不猎,胡瞻/尔庭/有县/特(dək)/兮。
彼君子兮,不素食(djiək)/兮。

坎坎/伐轮(liuən)/兮,
寘之/河之漘(djiuən)/兮。
河水/清且沦(liuən)/猗。
不稼不穑,胡取禾/三百/囷(khyuən)/兮。
不狩不猎,胡瞻/尔庭/有县/鹑(zjiuən)/兮。
彼君子兮,不素飧(sun)/兮。

"兮"、"猗"、"且"皆系"虚词",如不计虚字则为三字句、四字句、五字句、六字句。如不把虚字计算在内,《诗经》甚至有一字句,如《王风·扬之水》：

扬之水,不流/束薪(sien)。
彼其/之子,不与我/戍申(sien)。（真部）
怀(hoəi)/哉,
怀(hoəi)/哉。
曷月/予/还归(kiuəi)/哉。（微部）

扬之水,不流束楚(tshia)。
彼其/之子,不与我戍甫(piua)。（鱼部）
怀(hoəi)/哉,
怀(hoəi)/哉。
曷月/予/还归(kiuəi)/哉。（微部）

《王风·扬之水》中,"怀"、"归"同为鱼部,而"怀哉"重复连用,虚字"哉"如不计,实为一字句,颇为特别。

《诗经》中还有些诗篇为不韵之文,如《周颂·昊天有成命》：

昊天有成命,二后受之。成王不敢康,夙夜基命宥密。於缉熙！单厥心,肆其靖之。

不韵之文皆在《周颂》，又有《思文》、《臣工》、《噫嘻》、《武》、《小毖》、《酌》、《桓》、《般》等八篇，这样的文字实与散文无异，这一方面反映了这些诗篇可能是《诗经》中最早期阶段的文字，同时反映彼时并无文字整饬的意识（使用四字句）。

鉴于上述，我们认为《诗经》文体上应视为"杂言"，如称为"四言"似失诸笼统。我们只能说在《诗经》编写的时代，已开始有意追求文字整饬，而四字句最易产生整齐之美，故《诗经》中非常普遍地使用四字句。

二、《楚辞》的文体

如果说《诗经》及其他很多歌诗多为四字句，后起于《诗经》的《楚辞》是否如王国维所言另辟新径呢？似不尽然。

首先，《楚辞》仍有许多篇章为四字句。《天问》、《橘颂》的大部分以及《涉江》、《怀沙》、《抽思》等三篇的"乱"词都是四字句。如《天问》：

遂古之初，谁传道之？上下未形，何由考之？（幽部）
冥昭瞢暗，谁能极之？冯翼惟像，何以识之？（职部）
明明暗暗，惟时何为？阴阳三合，何本何化？（歌部）
圜则九重，孰营度之？惟兹何功？孰初作之？（铎部）
斡维焉系？天极焉加？八柱何当？东南何亏？（歌部）

又如《橘颂》：

深固难徙，廓其无求(giu)兮。苏世独立，横而不流(liu)兮。（幽部）
闭心自慎，不终失过兮。秉德无私，参天地兮。（歌部）
愿岁并谢，与长友兮。淑离不淫，梗其有理兮。（之部）
年岁虽少，可师长兮。行比伯夷，置以为像兮。（阳部）

按，以上除了尾带"兮"字的几句，其他都是较为规整的四字句。又如《涉江》

"乱"词为：

> 鸾鸟凤皇，日以远兮。燕雀乌鹊，巢堂坛兮。（元部）
> 露申辛夷，死林薄兮。腥臊并御，芳不得薄兮。（铎部）
> 阴阳易位，时不当兮。怀信侘傺，忽乎吾将行兮！（阳部）

以上除了尾带"兮"字的几句，其他也都是较为规整的四字句。

《楚辞》的句式，除少数为较为规整的四言句外，其他绝大多数实际皆可视为四言的变格。具体来说，主要包括以下几种形式：

四言变格之一，我们称之为A1，表面看来是六字句（不将"兮"字计算在内），其形式为"×（领字）/××/×（虚字）/××（兮）"，这种句式在《楚辞》中最为普遍。如《离骚》：

> 帝/高阳/之/苗裔/兮，朕/皇考/曰/伯庸。
> 摄/提贞/于/孟陬/兮，惟/庚寅/吾/以降。
> 皇/览揆/余/初度/兮，肇/锡余/以/嘉名。

又如《抽思》：

> 心/郁郁/之/忧思/兮，独/永叹/乎/增伤。
> 思/蹇产/之/不释/兮，曼/遭夜/之/方长。

以上形式的六字句，一般是以"兮"为关联，将两六字句相连而成一个句组（近于后世的"联"）。

四言变格之二，我们称之为A2，表面看来也是六字句（不将"兮"字计算在内），其形式为"×（领字）/××/兮 /×（领字）/××"。如《国殇》：

操/吴戈/兮/被/犀甲,车/错毂/兮/短/兵接。
旌/蔽日/兮/敌/若云,矢/交坠/兮/士/争先。

又如《少司命》：

入/不言/兮/出/不辞,乘/回风/兮/载/云旗。
悲/莫悲/兮/生/别离,乐/莫乐/兮/新/相知。

又如《山鬼》：

若/有人/兮/山/之阿,被/薜荔/兮/带/女罗。
既/含睇/兮/又/宜笑,子/慕予/兮/善/窈窕。

这种六字句在《九歌》(特别是《河伯》、《山鬼》、《国殇》三篇)中较为常见,一般两两为组,组成近于后世的"联"。

四言变格之三,我们称之为 A3,表面看来是五字句(不将"兮"字计算在内),其形式为"×(领字)/××/兮/××"。如《湘君》：

君/不行/兮/夷犹,骞/谁留/兮/中洲？

又如《湘夫人》：

帝/子降/兮/北渚,目/眇眇/兮/愁予。

又如《东皇太一》：

抚/长剑/兮/玉珥,璆/锵鸣/兮/琳琅。

又如《大司命》:

  令/飘风/兮/先驱,使/涷雨/兮/洒尘。

  以上形式的五字句,一般是两两为组,形成近于后世的"联"。这种句式在《楚辞》中也较为普遍。
  四言变格之四,我们称之为 A4,表面看来也恰是四字句(不将"兮"字计算在内),其形式为"××/兮 /××"。如《少司命》:

  秋兰/兮/靡芜,罗生/兮/堂下。

又如《东君》:

  缅瑟/兮/交鼓,箫钟/兮/瑶虡。

又如《湘夫人》:

  筑室/兮/水中,葺之/兮/荷盖。
  荪壁/兮/紫坛,播/芳椒/兮/成堂。

  上述四字句,在《九歌》中较为常见,这种四字句一般两两为组,有时也会与 A3、A2 两种句式两两为组。
  我们以上提出的四种四言变格,A1 主要见于《离骚》和《九章》各篇。其他三种四言变格,即 A2、A3、A4,主要见于《九歌》各篇。
  《楚辞》的句式除四言以及四言的几种变格外,也偶见其他句式。以下我们稍加分析。
  首先是三字句。前举《天问》中的"谁传道之"、"何由考之"、"谁能极之"、"何以识之"等句中,虚字"之"不计入即为三字。与此相似,有些句末为"兮"、"只"、"些"的四字句（虚字本身也计入），实应视为三字句。如《橘颂》：

> 后皇/嘉树，橘/徕服/兮。受命/不迁，生/南国/兮。深固/难徙，更/壹志/兮。

又如《招魂》：

> 魂兮/归来！反/故居/些。天地/四方，多/贼奸/些。

又如《涉江》：

> 鸾鸟/凤皇，日/以远/兮。燕雀/乌鹊，巢/堂坛/兮。露申/辛夷，死/林薄/兮。

又如《大招》：

> 青春/受谢，白日/昭/只。春气/奋发，万物/遽/只。

这种三字句，多为动宾结构或主谓结构，以"×/××/（虚词）"这种形式为常见，以"××/×/（虚词）"为少见。这种三字句其前一般与较为规整的四言句两两组合而成一长句，近于后世的七言句。

其次是六字句，《楚辞》中出现了一些六字句之变格。如见于《离骚》的六言句：

> 余/固知/謇謇/之/为患/兮，忍而/不（能）舍/也。
> 朝饮/木兰/之/坠露/兮，夕餐/秋菊/之/落英。
> 苟/余情/其/信姱/以/练要/兮，长/顑颔/亦/何伤。
> 虽/体解/吾犹/未变/兮，岂/余心/之/可惩。
> 既/莫足/为/美政/兮，吾/将从/彭咸/之/所居。

见于《湘君》者,如:

交/不忠/兮/怨长,期/不信/兮/告余/以/不闲。

见于《惜诵》者,如:

吾闻/作忠/以/造怨/兮,忽/谓之/过言。

见于《远游》者,如

玄螭/虫象/并/出进/兮,形/螺虬/而/逶蛇。
音乐/博衍/无/终极/兮,焉/乃逝/以/俳佪。

见于《九辩》者,如

憭栗/兮/若在/远行,登山/临水/兮/送/将归。

再次,八字句之变格在《九辩》中的出现。如

萧瑟/兮/草木/摇落/而/变衰。
泬寥/兮/天高/而/气清,寂寥/兮/收潦/而/水清。
怆怳/懭悢/兮/去故/而/就新,坎廪/兮/贫士/失职/而/志/不平。

经过以上对于《楚辞》句式的分析之后,我们进而可以试探《卜居》、《渔父》之作者问题。关于《卜居》、《渔父》之作者,历来争议颇大,但主张《卜居》、《渔父》之作者为屈原的占上风。

《楚辞》除《卜居》、《渔父》两篇之外,都是押韵的,文体上也有意追求齐整性(大多为四言之变格)。而《卜居》、《渔父》两篇,从用韵来看,或韵或不韵,从句式来看,

除少量句字有齐整化的特点,大量的则是散体文字。凡用于歌唱的文字,一般用韵,文体上也是有规律可循的(表现为某种方面的规则性或齐整性)。从内容上来说,《楚辞》各篇皆为抒情诗,此两篇则主要是叙事性文字,颇类小说家或纵横家言。故我们认为:屈原不可能是《卜居》、《渔父》之作者,这两篇很可能为西汉人所作。

由以上来看,《楚辞》的句式与《诗经》一样也可谓是杂言,从总体而言,四字句及其变格乃《楚辞》之主体。我们可以说,相比《诗经》,后起的《楚辞》在文字整齐之美方面有更自觉的追求。《楚辞》反映了中国韵文的写作一直在往规整性的道路发展(主要是向偶言),所以《楚辞》除四字句外,也出现少量六字句、八字句(及其变格),这相对《诗经》可认为是一种进步,但这种进步不是简单的"遁而作他体",而是"温故而知新",在《诗经》整饬化基础之上更进一步。《楚辞》对文体形式的刻意追求,与宋玉等晚期《楚辞》作家有意将《楚辞》作为一种文字进行雕琢、显示才情的创作是相应的。同时也反映了这样一种历史进程:即《楚辞》由一种歌唱进而变为诵读,再进而变成一种纯粹的案头文字(当然晚至西汉时代才最终实现案头化)。

三、其他先秦民间歌谣的文体

相比《诗经》、《楚辞》,先秦民间歌谣文字的整饬化特征要淡一些,但稍加梳理,仍有规律可循。以下试从三方面来分说。

(一)文体方面有明显的整齐化、规范化的倾向。在先秦时期,歌辞或诗歌的创作当然无所谓程式或法则,其创作主要还是一种自然的、非自觉的状态,但从现象层面看,先秦时期的歌辞在文体上仍然有显著的整齐化或规范化倾向。如《泽门之晳讴》:

泽门之晳,实兴我役。邑中之黔,实尉我心。

按,"晳"、"役"在上古音中为锡部韵,"黔"、"心"为侵部。《泽门之晳讴》皆为四言句,两句为组(近于后世的"联"),句句用韵。又如《狐裘歌》:

狐裘龙茸，一国三公，吾谁适从。

按，"茸"、"公"、"从"在上古音中归东部，《狐裘歌》皆为四言句，是句句用韵，三句为组（也同时为篇）。

又如《晋童谣》：

丙之晨，龙尾伏辰，均服振振。取虢之旂，鹑之贲贲，天策焞焞。火中成军，虢公其奔。

按，《晋童谣》中之"晨"、"辰"、"振"、"贲"、"焞"、"军"、"奔"在上古音中都为文部韵。《晋童谣》大多为四言句，从总体来看是句句用韵，三句为组与两句为组的情况并存。

又如《舆人诵》：

佞之见佞，果丧其田。诈之见诈，果丧其赂。得国而狃，终逢其咎。丧田不惩，祸乱其兴。

按，"佞"、"田"在上古音为真部，"诈"、"赂"在上古音为铎部，"狃"、"咎"为幽部，"惩"、"兴"为蒸部。《舆人诵》全诗皆为四言句，句句用韵。全诗三句为组与两句为组的情况并存。

现在我们可以对前所谓"整齐化"倾向具体归纳为以下几点：

1. 从用韵来看，有句句用韵，也有隔句用韵。较长的诗篇一般中间换韵，一韵到底的较少。

2. 从句式来看，虽然在总体上先秦歌辞的句式属杂言，长短不齐，但四字句歌辞仍为主体。其中有些表面看不是四言句，但是实际上仍可视为四字句之变易。如《野人歌》，表面看是两个五字句，但若将两个副词"既"、"盍"视为领字，即为：

既-定尔娄猪，盍-归吾艾豭。（猪、豭为鱼部）

又如《暇豫歌》，从表面看较多五字句，但如将其中的"之"、"皆"、"独"视为衬字，即为：

> 暇豫之吾吾，不如乌乌。人皆集於菀，己独集於枯。（吾、乌、枯为鱼部）

又如《战国策》所载的《攻狄谣》，全篇很明显有意使用四言句，而"攻狄不能下"一句中的"能"字如不是衍字，也可视为衬字：

> 大冠若箕，修剑拄颐。攻狄不能下，至于梧丘。（箕、颐、丘为之部）

3. 从句与句的组合看，出现以两句为"组"（近于后世的一"联"）的趋势，并渐成为歌辞的基本结构单位（"段"）。如前引《泽门之晳讴》、《舆人诵》、《野人歌》、《暇豫歌》以及《莱人歌》、《穗歌》、《岁莫歌》、《冻水歌》、《涂山女歌》等皆是。也偶见三句为组的，如《狐裘歌》、《赓歌》、《晋童谣》、《鸲鹆谣》、《宋城者讴》（但《晋童谣》、《宋城者讴》都有杂有两句为组的情况）等。

如果我们将以上文体的整齐化、规则化视为常态，则有些从文体看明显不规则或不整齐的所谓"歌辞"，其原始性就比较可疑。如《史记》所载《优孟歌》基本上不用韵，散文式的文字，长短不一，句与句的组合也没有常见的两句为组或三句为组，故基本上可断定为后人制作。其他如出自《论语》的《楚狂接舆歌》等从文体形式看，非常可疑。至于《弹歌》、《卿云歌》、《五子歌》、《击壤歌》、《黄鹄歌》、《渔父歌》、《楚人诵子文歌》、《采葛妇歌》等即使不论其为后出文献，单从文体形式看，也非常可疑。故对文体形式特征的认识，将有助于我们对文献真伪的判别。

（二）虚字在先秦歌辞中有重要的结构性作用。这可以分为以下几种情况。

首先是联字成句。如《鸲鹆谣》中的"鸲之鹆之"，《子桑琴歌》中的"父邪母邪"、"天乎人乎"，《南蒯歌》中的"已乎已乎"，《杨朱歌》中的"我乎汝乎"、"医乎巫乎"，《松柏歌》中的"松邪柏邪"，《齐庄公歌》中的"已哉已哉"，《莱人歌》中的"师乎师乎"，《齐民歌》中的"公乎公乎"，《梦歌》中的"归乎归乎"，《宋城者讴》中的"于思于思"。以上数例中的虚字"邪"、"之"、"乎"、"哉"、"邪"、"思",基本上都是用夹字连用的方式凑成一个四字句。①

其次是与韵字一起共同起联句成"组"的作用。这种现象主要在两句成组的歌辞中。如《祷雨辞》"政不节与,使民疾与"是借用"与"字连接两句,《鸲鹆谣》中的"鸲之鹆之,公出辱之"是借用"之"字连接两句,《原壤歌》"狸首之斑然,执女手之卷然"是借用"然"字连接两句,《松柏歌》"松邪柏邪,住建共者客邪"是借用"邪"字连接两句,《穗歌》"风雨之弗杀也,太上之靡弊也"是借用"也"字连接两句。

最后是与韵字共同起联句成叚、成篇的作用。如《赓歌》第一段"股肱喜哉,元首起哉,百工熙哉"是借用"哉"连接三句而成段,其第二、第三段亦然。《周秦民歌》"讴乎,其已乎。苞乎,其往归田成子乎"是借用"乎"成篇。《曳杖歌》"泰山其颓乎,梁木其坏乎,哲人其萎乎"是借用"乎"连接三句成篇。《为士卒倡》"无可往矣,宗庙亡矣。魂魄丧矣,归何党矣"是借用"矣"连接三句成篇。《南蒯歌》"我有圃,生之杞乎。从我者子乎,去我者鄙乎。倍其邻者耻乎。已乎已乎,非吾党之士乎"是借用"乎"连句成篇。

据王力先生《诗经韵读》的统计,《诗经》使用的虚字有"之"、"兮"、"矣"、"也"、"止"、"思"、"我"、"与"、"哉"、"忌"、"焉"、"女"、"只"等。据笔者统计,《楚辞》使用的虚字则有"兮"、"之"、"些"、"焉"、"也"、"乎"、"只"等。先秦民间歌辞中的虚字使用范围也基本上不出《诗经》、《楚辞》,但从作用来看,似比《诗经》、《楚辞》又更为广泛。

(三)先秦民间歌辞重章体的使用。重章体在《诗经》中也非常普遍,一般民间歌辞不像《诗经》那样突出,但也是值得注意的现象。如果不把先秦以后文献载录的重章体歌辞计算在内,则先秦歌辞用重章体者主要有以下几篇。首先是见载于《晏子春秋》的《冻水歌》:

---

① 清孔广森《诗声类》卷七"阴声一""附兮"条说"兮"字即"呵"字,江声也持此论,闻一多、郭沫若也持此论。今通行本《老子》与帛书本对照,也可见通行本用"兮"处,帛书本用"呵"。可见上古"兮"、"呵"通用。安徽阜阳双古堆出土有汉简《诗经》,内容属于《国风》和《小雅》,今本"兮"字简文全部写作"旖"。王引之在《经传释词》卷四中曾指出,古书用作语气词的"猗"和"兮"是同一个词。他所引例子如《书·秦誓》:"断断猗",《礼记·大学》引作"断断兮",《诗·魏风·伐檀》:"河水清且涟猗",汉石经"猗"作"兮"等,皆其例。

冻水洗我若之何,太上糜散我若之何。

又如《晏子春秋》所载《岁莫歌》:

岁已莫矣,而禾不获。忽忽兮若之何。
岁已寒矣,而役不罢。惙惙兮如之何。

再如《战国策·齐策四》所载《弹铗歌》:

长铗归来乎,食无鱼。
长铗归来乎,出无车。
长铗归来乎,无以为家。(鱼、车、家皆为鱼部韵)

再如载诸《左传》的《朱儒诵》:

臧之狐裘,败我于狐骀。我君小子,朱儒是使。(裘、骀、使皆为之部韵)
朱儒朱儒,使我败于邾。(儒、邾为侯部)

又如《荀子》所载《祷雨辞》:

政不节与,使民疾与。何以不雨,至斯极也。
官室崇与,妇谒盛与。何以不雨,至斯极也。
苞苴行与,谗夫兴与。何以不雨,至斯极也。

虽然从总体看,先秦民间歌辞有重章体特征的并不多见,但联系《诗经》,我们仍然有理由认为重章体乃先秦时期民间歌辞的重要特征之一。

◎第四讲　汉魏六朝歌唱之类别

如何对汉魏六朝歌唱做一合理分类，仍为有待开展的话题。《汉书·艺文志》著录"歌诗二十八家，三百一十四篇"，大致按照尊卑轻重为序，但未有明确分类。蔡邕《礼乐志》记"汉乐四品"别为：大予乐、周雅颂乐、黄门鼓吹、短箫铙歌。此四类乐显然为朝廷举行各种仪式时所用，非汉乐之全体。北宋人郭茂倩所编《乐府诗集》将历代乐府诗分为十二类，分别为：郊庙歌辞、燕射歌辞、鼓吹曲辞、横吹曲辞、相和歌辞、清商曲辞、舞曲歌辞、琴曲歌辞、杂曲歌辞、近代曲辞、杂歌谣辞、新乐府辞。郭茂倩的分类对后来，特别是近代学术影响甚大。郭茂倩所分十二类，实际多有重合，其所谓"乐府诗"概念也有问题（详后）。本节主要从使用场合及功用方面将汉魏六朝歌唱分为以下四类，即郊庙祭祀乐、宴享乐、军乐、民间歌诗。以下细述分类缘由。

一、郊庙祭祀乐

祭祀乐即祭祀天地神灵及王朝祖先所用乐，这一传统当然承自先秦。在笔者看来，汉魏六朝的祭祀乐除郭茂倩《乐府诗集》中的"郊庙歌辞"外，还应包括其部分"舞曲歌辞"。

自先秦时，乐、舞往往同生共存。《诗经》"三颂"及《大雅》部分篇章可能都有载歌载舞。《商颂》曰："万舞有奕。"《鲁颂》曰："万舞洋洋。"《邶风·简兮》曰："简兮简兮，方将万舞。"《毛传》："以干羽为万舞，用之宗庙山川。"陈奂《诗毛氏传疏》："干舞有干与戚，羽舞有羽与旄，曰干曰羽者举一器以立言也。干舞，武舞；羽舞，文舞。曰万者，又兼二舞以为名也。"《大戴礼记·夏小正》："万也者，干戚舞也。"于此可见，《商颂》《鲁颂》《周颂》及《大雅》部分篇章应有"万舞"。《乐府诗集》叙"舞曲歌辞"

亦云："自汉以后，乐舞浸盛。故有雅舞，有杂舞。雅舞用之郊庙、朝飨，杂舞用之宴会。晋傅玄又有十馀小曲，名为舞曲。"由此可知，汉人用于郊庙的"雅舞"实际有很辽远的传统，汉以后祭祀乐中有乐舞，亦在情理之中。

汉魏六朝声诗中的祭祀乐作为典型的朝廷雅乐，乃王命之象征，故王朝建立必以雅乐建立为标志，王朝更潜，也必对前代之乐加以损益、缘饰。故《礼记·乐记》曰："王者功成作乐，治定制礼。是以五帝殊时，不相沿乐，三王异世，不相袭礼。"

鉴于祭祀乐对封建王朝的特殊意义，其建立往往是因袭与革新并存。据史书记载，汉初宗庙乐"大抵皆因秦旧事"，而郊祀乐似不遑建立，直至汉武帝时始立郊祀乐。《汉书·礼乐志》云：

> 至武帝定郊祀之礼，祠太一于甘泉，就乾位也；祭后土于汾阴，泽中方丘也。乃立乐府，采诗夜诵，有赵、代、秦、楚之讴。以李延年为协律都尉，多举司马相如等数十人造为诗赋，略论律吕，以合八音之调，作十九章之歌。以正月上辛用事甘泉圜丘，使童男女七十人俱歌，昏祠至明。

由西汉至东晋四五百年间，作为雅乐核心的祭祀乐，虽然不无因袭，但更有变革，故经历数代之后，早已面目全非。汉初伶人乐工或能"纪其铿锵鼓舞而不能言其义"，永嘉乱后"音韵曲折又无识者"。西汉至东晋这一段历史如此，其后亦然。东晋后期，五胡乱华，中国长期处于战乱中，南北分裂，东西对峙，王朝大多短命，郊庙祀典更无多少传统可言。晋初"郊庙明堂礼乐权用魏仪"，而傅玄"改其乐章"，这意味着晋之郊庙乐与魏已很不同。

郊庙乐歌功颂德的实用功用始终未变，但从"文"的角度，文体变动甚大。作为祭祀乐的声诗，一般是较整齐的三言、四言，特别是四言较多（祭祀歌诗多四言，应当是模仿《诗经》的"三颂"）。

汉《郊祀歌》诗十九章相差甚大。《练十日》三言、四十八句，《帝临》、《青阳》、《朱明》、《西颢》、《玄冥》四言、十二句，《惟泰元》四言、二十四句，《天地》杂用四言、三言、七言（出现十三句整齐的七言句），《日出入》杂言，《天马》三言、三十六句，《天门》三言、五言、六言、七言杂用，《景星》四言、七言杂用，《齐芳》、《后皇》四言、八句，《华烨烨》三言、三十八句,《五神》《朝陇首》三言、二十句,《象载瑜》三言、十二句,《赤蛟》三言、二十八句,《灵芝歌》七言(若其中"兮"字不计则为六言)。由此来看,《郊祀歌》诗十九章,从文体来看,大半全篇整齐使用三言、四言,少半使用杂言。从用韵来看,三言句、四言句一般都是四句一换韵,七言句则是两句一换韵。

  对比来看,晋郊祀歌则大多全篇句式整齐,或为三言,或为四言。其后宋、齐、梁、陈及北齐、北周、隋、唐之郊祀乐也多整齐地使用三言或四言。值得注意的是,谢庄依据五行数为宋之郊祀歌造辞,《南齐书·乐志》曰:"明堂祠五帝,汉郊祀歌皆四言,宋孝武使谢庄造辞,庄依五行数,木数用三,火数用七,土数用五,金数用九,水数用六。"故谢庄所作歌颂青、赤、黄、白、黑五帝的乐章分别用三言、七言、五言、九言、六言。谢朓为南齐所作五帝乐章,谢朝宗为北齐所作五帝乐章,庾信为北周所作五郊歌辞,也依照五行数而分别用三言、七言、五言、九言、六言。但沈约为梁所作明堂登歌五帝之乐章则全为整齐的四言,隋五郊歌辞也整齐使用四言。《隋书·乐志》曰:"五郊歌辞:青帝奏角音,赤帝奏徵音,黄帝奏宫音,白帝奏商音,黑帝奏羽音。迎送神登歌与圆丘同。"由此可见,两汉至隋,即使是郊祀五帝的歌,其所用文体也差异甚大,很难说有多少传统可言。至于其他歌颂列祖列宗的宗庙声诗更难归纳出传统。

  郊庙乐作为朝廷雅乐,在乐器使用方面其典型特征是用钟磬(与俗乐主要是丝竹不同),这一点可谓始终一贯,但除此之外,则很难寻觅其传统。

  雅乐一般单调乏味,乏善可陈,但也会借用民间音乐资源,对其加以改造。《汉书·礼乐志》云:"又有《房中祠乐》,高祖唐山夫人所作也。周有《房中乐》,至秦名曰《寿人》。凡乐,乐其所生,礼不忘本。高祖乐楚声,故《房中乐》楚声也。"由此来看,西汉祭祀高祖刘邦的诗乐,乃是唐山夫人作诗,但用楚地乐师歌颂,因为高祖的出生地沛本楚地,故以乡乐演唱更能娱乐高祖在天之灵。

  《汉书·礼乐志》说"以李延年为协律都尉,多举司马相如等数十人造为诗赋"。在这里,李延年显然是利用和改造了本自民间的"赵、代、秦、楚之讴",用以歌咏司马相如等文人所作诗赋。值得指出的是,这里司马相如等人并不是"照谱填词",而是文人造为诗颂在先,李延年协律歌咏在后。据《汉书》所载,李延年任协律都尉为公元前120年后事,而司马相如学界一般认为卒于公元前118年。

由于祭祀乐总体上是歌功颂德,而中国文字在实现这一目标上有着音乐所难具有的得天独厚的条件,故两汉以及两汉以后魏晋南北朝各代,其祭祀乐总体上都是为文造乐、以文化乐。当然,由于历代雅乐中"乐"的传习是由专门的雅乐乐工完成的,故这在一定时空范围内也保证了"乐"的相对稳定和因袭。因此,也就存在以相对稳定的"乐"套用到新制诗歌的情况。如《宋书·乐志》载:

晋武泰始五年,尚书奏使太仆傅玄、中书监荀勖、黄门侍郎张华各造正旦行礼及王公上寿酒食,举乐哥(歌)诗。诏又使中书郎成公绥亦作。张华表曰:"按魏上寿食举诗及汉氏所施用,其文句长短不齐,未皆合古。盖以依咏弦节,本有因循,而识乐知音,足以制声,度曲法用,率非凡近所能改。二代三京,袭而不变,虽诗章词异,兴废随时,至其韶逗曲折,皆系于旧,有由然也。是以一皆因就,不敢有所改易。"

按,张华上表所言雅乐乐章的用韵、停顿以及歌谱(所谓"韶逗曲折")"皆系于旧"也诚然是存在的,但并非全部如此。故荀勖上表反对说:"魏氏歌诗,或二言,或三言,或四言,或五言,与古诗不类。"指出魏氏雅乐在章句方面即不同于前代(章句不同,其曲折当然也有异)。故最终的结果是晋朝廷在荀勖主持下,新造晋歌"皆为四言,唯王公上寿酒一篇为三言五言"。而东晋朝廷新立,欲兴雅乐时,太常贺循即指出"旧京荒废,今既散亡,音韵曲折,又无识者,则于今难以意言",也就是说,由于雅乐器及伶人在战乱中的沦亡,前代传习之"乐"已中断。故东晋朝廷雅乐之事只得作罢:"于时以无雅乐器及伶人,省太乐并鼓吹令。"以后南北朝各代及隋唐,即使新立雅乐,都不得不重新回到为文造乐、以文化乐的旧路。

郑樵在《通志·乐府总序》中曾提出"乐以诗为本,诗以声为用",此语实际上最适用于祭祀声诗。这是因为,与各类声诗相比,郊庙祭祀所用歌、舞功用性的动机最为显著,"乐"以"诗"为中心、为"诗"服务的目的也最突出。

二、宴飨乐

《国语·鲁语下》:"祭养尸,飨养上宾。"韦昭注:"言祭祀之礼,尊养尸;飨宴之礼,养上宾也。"凡飨宴宜用乐,"宴飨乐"即指汉魏六朝以来在朝觐、聘问、燕射等重要仪式上所用之乐,汉人称为"食举乐"及"黄门鼓吹",郭茂倩《乐府诗集》的"燕射歌辞"都属于这一类,《乐府诗集》所收的部分"舞曲歌辞"(即用于宴飨时的歌舞诗)也应归在此类。郭茂倩《乐府诗集》"燕射歌辞"叙两汉以来之历史大概曰:

  汉有殿中御饭食举七曲,太乐食举十三曲,魏有雅乐四曲,皆取周诗《鹿鸣》。晋荀勖以《鹿鸣》燕嘉宾,无取于朝。乃除《鹿鸣》旧歌,更作行礼诗四篇,先陈三朝朝宗之义。又为王公上寿酒、食举乐歌诗十三篇。司律陈颀以为三元肇发,群后奉璧,趋步拜起,莫非行礼,岂容别设一乐,谓之行礼。荀讥《鹿鸣》之失,似悟昔缪,还制四篇,复袭前轨,亦未为得也。终宋、齐已来,相承用之。梁、陈三朝,乐有四十九等,其曲有《相和》五引及《俊雅》等七曲。后魏道武初,正月上日飨群臣,备列宫县正乐,奏燕、赵、秦、吴之音,五方殊俗之曲,四时飨会亦用之。隋炀帝初,诏秘书省学士定殿前乐工歌十四曲,终大业之世,每举用焉。其后又因高祖七部乐,乃定以为九部。唐武德初,宴享承隋旧制,用九部乐。贞观中,张文收造宴乐,于是分为十部。后更分宴乐为立坐二部。天宝已后,宴乐西凉、龟兹部著录者二百余曲,而清乐天竺诸部不在焉。

  按,两汉及三国时的宴飨歌辞失传,《乐府诗集》所载宴飨歌辞始自西晋。《晋书·乐志》曰:"晋初,食举亦用《鹿鸣》。至武帝泰始五年,使傅玄、荀勖、张华各造正旦行礼及王公上寿酒、食举乐歌诗,后又诏成公绥亦作焉。傅玄造三篇:一曰《天鉴》,正旦大会行礼歌;二曰《於赫》,上寿酒歌;三曰《天命》,食举东西厢歌。"傅玄所造"正旦大会行礼歌"凡四章,每章四句,为:

    天鉴有晋,世祚圣皇。时齐七政,朝此万方。
    钟鼓斯震,九宾备礼。正位在朝,穆穆济济。
    煌煌三辰,实丽于天。君后是象,威仪孔虔。
    率礼无愆,莫匪迈德。仪刑圣皇,万邦惟则。

由此来看,傅玄受命所制宴飨歌辞明显是模仿《诗经》"雅"诗,其辞大都冠冕堂皇、歌功颂德。荀勖、张华所造宴飨歌辞亦复类此。其后王韶之、沈约、萧子云、庾信等人受命为宋、梁、周各朝制《四厢乐歌》、《三朝雅乐歌》等也都与傅玄"正旦大会行礼歌"相似。

由于宴飨乐从功能来说也属于雅乐,其文辞的意义和功能也是第一位的,故从文、乐关系来说,宴飨乐与郊庙祭祀乐一样,都是文为主、乐为从。执掌其事的太常乐官谱曲之法,首先是沿袭前代之乐调。《晋书·乐志》曰:"魏杜夔传旧雅乐四曲:一曰《鹿鸣》、二曰《驺虞》、三曰《伐檀》、四曰《文王》,皆古声辞。及太和中,左延年改夔《驺虞》、《伐檀》、《文王》三曲,更自作声节,其名虽同而声实异。唯因夔《鹿鸣》,全不改易。每正旦大会,太尉奉璧,群后行礼,东厢雅乐郎作者是也。后又改三篇:第一曰《於赫篇》,咏武帝,声节与古《鹿鸣》同;第二曰《巍巍篇》,咏文帝,用延年所改《驺虞》声;第三曰《洋洋篇》,咏明帝,用延年所改《文王》声;第四曰复用《鹿鸣》,《鹿鸣》之声重用,而除古《伐檀》。"

宴享乐在借用沿袭的旧调或按雅乐单调传统谱曲的同时,也会借用俗乐或胡乐歌唱雅词。《乐府诗集》所引宋王晫《唐馀录》曰:"天福五年十一月冬至,朝群臣,举觞奏《玄同》,三爵登歌奏《文同》,四爵登歌作,群臣饮,宫悬乐作,又奏龟兹及《霓裳法曲》,以须食毕。于时众闻龟兹、法曲,雅郑杂糅,固已非之。明年正旦,上寿登歌,发声悲离烦懑,如《虞殡》、《薤露》之音,观者以为不祥。"《唐馀录》主要反映的是五代时的情况,由于历代雅乐与俗乐(包括胡乐)本身并非泾渭分明,前代之俗乐或胡乐往往即可成为后代之雅乐,故《唐馀录》所谓"雅郑杂糅"的情况在此前各代的宴享乐中当甚为普遍。

三、军 乐

此所谓军乐歌诗,基本上相当于《乐府诗集》中的"鼓吹曲辞"和"横吹曲辞"这两类。从其使用场合及功用来看,历代军乐也应当归为"雅乐"。军乐歌诗与祭祀声诗、宴飨声诗一样,都是文人受朝廷之命而制作。《乐府诗集》述历代军乐制作时云:

汉有《硃鹭》等二十二曲，列于鼓吹，谓之铙歌。及魏受命，使缪袭改其十二曲，而《君马黄》、《雉子斑》、《圣人出》、《临高台》、《远如期》、《石留》、《务成》、《玄云》、《黄爵》、《钓竿》十曲，并仍旧名。是时吴亦使韦昭改制十二曲，其十曲亦因之。而魏、吴歌辞，存者唯十二曲，馀皆不传。晋武帝受禅，命傅玄制二十二曲，而《玄云》、《钓竿》之名不改旧汉。宋、齐并用汉曲。又充庭十六曲，梁高祖乃去其四，留其十二，更制新歌，合四时也。北齐二十曲，皆改古名。其《黄爵》、《钓竿》，略而不用。后周宣帝革前代鼓吹，制为十五曲，并述功德受命以相代，大抵多言战阵之事。隋制列鼓吹为四部，唐则又增为五部，部各有曲。唯《羽葆》诸曲，备叙功业，如前代之制。

从《乐府诗集》所收录历代军乐歌辞来看，我们更多看到"革新"的一面，因为军乐往往最易成为新王朝歌功颂德之具，当然不宜沿袭前代之辞。

值得指出的是，与祭祀乐、宴飨乐不同，汉代军乐歌诗所用之乐更近于民间"俗乐"。如汉鼓吹铙歌十八曲，《乐府诗集》皆收录其辞，其文辞大多句式长短不一、用韵纷杂，极富民间色彩，与整齐、雅驯的祭祀诗、宴飨诗形成鲜明对照。如《战城南》辞为：

战城南，死郭北，野死不葬乌可食。为我谓乌："且为客豪，野死谅不葬，腐肉安能去子逃？"水深激激，蒲苇冥冥。枭骑战斗死，驽马徘徊鸣。筑室，何以南何北，禾黍不获君何食？愿为忠臣安可得？思子良臣，良臣诚可思，朝行出攻，暮不夜归。

又如《巫山高》辞为：

巫山高，高以大；淮水深，难以逝。我欲东归，害不为？我集无高曳，水何汤汤回回。临水远望，泣下沾衣。远道之人心思归，谓之何！

汉鼓吹铙歌十八曲中，最富"民间色彩"的当属《有所思》：

有所思,乃在大海南。何用问遗君?双珠玳瑁簪,用玉绍缭之。闻君有他心,拉杂摧烧之。摧烧之,当风扬其灰。从今以往,勿复相思。相思与君绝!鸡鸣狗吠,兄嫂当知之。秋风肃肃晨风飔,东方须臾高知之。

　　其他如《硃鹭》、《思悲翁》、《艾如张》、《拥离》、《上陵》、《将进酒》、《君马黄》、《芳树》、《有所思》、《雉子斑》、《圣人出》、《临高台》、《远如期》、《石留》等十四曲,也都与以上三曲相似,共同特点是形式上纷杂不一,思想情感上有明显的个人化色彩,故我们据此可以认为,这些歌曲虽然后来成为汉朝廷用以"建威扬德、风敌劝士"的军乐,但其初始本属民间歌唱,其唱调后来显然被官方借用为"雅乐"了。

　　魏晋以后的鼓吹曲辞,其辞皆朝臣受命而制,其文词体式方面努力效仿汉鼓吹曲辞十八曲,但也不尽相同。从文辞的角度看,汉魏六朝的鼓吹曲确实有或近或疏的关联。如汉《硃鹭》曲虽然后来被改称《初之平》、《灵之祥》、《炎精缺》或《木纪谢》,但其文辞格式一直为三字句,比较稳定。又如《思悲翁》,以三字句、四字句为主,魏、晋、吴三朝完全一致。但《艾如张》、《上之回》、《翁离》、《战城南》、《巫山高》、《上陵》、《将进酒》、《君马黄》、《芳树》、《有所思》、《雉子斑》等,其文辞格式皆有较大出入。更重要的是,即使是《硃鹭》、《思悲翁》等在文辞格式上明显有沿袭的现象,我们也应注意到:其魏晋以后的文辞格式与汉《硃鹭》、《思悲翁》也差异极大。文人受命为朝廷制作鼓吹曲,可能往往在文辞格式上有意模仿前代,但如果文人仅仅利用鼓吹曲填制文辞,则往往有更大的变化。如汉鼓吹曲《将进酒》,魏改为《平关中》,晋改为《因时运》,宋何承天仍用《将进酒》,梁改为《石首局》,皆为三言(惟句数多寡不同),吴改为《章洪德》,格式亦有变:三字句八句、四字句二句。如果说,文辞格式上毕竟有相似处,但从内容来看,各朝之《将进酒》则有较大差异。对此郭茂倩《乐府诗集》中曾说道:"古词曰:'将进酒,乘大白。'大略以饮酒放歌为言。宋何承天《将进酒》曰:'将进酒,庆三朝。备繁礼,荐嘉肴。'则言朝会进酒,且以濡首荒志为戒。若梁昭明太子云'洛阳轻薄子',但叙游乐饮酒而已。"

　　如果考虑到在缺少文字、音响记录的情况下,乐歌仅依赖乐人的口耳相传,很容易人去乐往,考虑到自东汉至齐、梁,时间跨度近三百年,这三百年先是汉末的内乱、三国纷争以及紧随其后的五胡乱华,则鼓吹曲的乐调能始终稳定不变是很难想象的。

同是作为军乐,横吹曲乐调的稳定性或独立性显然更逊于鼓吹。这是因为,汉鼓吹十八曲的乐调长期依附于文辞,如果文辞相对稳定,还是能得到或多或少的传播,而横吹曲的文辞很早即已亡逸。郭茂倩《乐府诗集》关于"横吹曲辞"解题云:

> 横吹有双角,即胡乐也。汉博望侯张骞入西域,传其法于西京,唯得《摩诃兜勒》一曲。李延年因胡曲更造新声二十八解,乘舆以为武乐,后汉以给边将,和帝时万人将军得用之。魏、晋以来,二十八解不复具存,而世所用者有《黄鹄》等十曲。其辞后亡。又有《关山月》等八曲,后世之所加也。后魏之世,有《簸逻回歌》,其曲多可汗之辞,皆燕魏之际鲜卑歌,歌辞虏音,不可晓解,盖大角曲也。又《古今乐录》有梁《鼓角横吹曲》,多叙慕容垂及姚泓时战阵之事,其曲有《企喻》等歌三十六曲,乐府胡吹旧曲又有《隔谷》等歌三十曲,总六十六曲,未详时用何篇也。自隋已后,始以横吹用之卤簿,与鼓吹列为四部,总谓之鼓吹,并以供大驾及皇太子、王公等。

由此来看,横吹曲大多本于胡人歌曲,因李延年等人的改造而成为吹奏乐曲,用为军乐或车驾出行。也正是因为"歌辞虏音"而极易亡逸,《乐府诗集》在"横吹曲辞"部分所收都是梁陈以后文人借旧调而填辞,多为整齐的五言诗或七言诗。如《陇头》,又称《陇头水》、《陇头吟》,后代作者极多,梁元帝之作五言八句,刘孝威之作五言十句,王维之作七言十句,翁绶之作七言八句,杨师道之作五言十四句,王建之作七言十二句,鲍溶之作三言一句、五言五句。从内容来看多写边塞,都将"陇头"二字包笼在内。鉴于其文体格式的差异,故我们认为其歌唱也会有相当大差异,以致最终可能与李延年的《陇头》相差甚远。

不过值得指出的是,军乐中的鼓吹曲,特别是横吹曲,对于后世文人创作有较大意义,《长安道》、《紫骝马》、《陇头吟》等往往成为后世诗人的题材,这一点是与祭祀乐、燕飨乐很不相同的。这也反映了军乐有更浓厚的民间趣味或俗曲趣味,其"乐"在当时也应远较一般"雅乐"流行,也因而拥有更充沛的生命力。

四、民间俗曲

在传统文献中被称为"街陌谣讴"、"新声"、"胡音"、"艳曲"等各种歌曲,从根本来看都是民间俗曲。沈约《宋书·乐志》:"凡乐章古词,今之存者,并汉世街陌谣讴,《江南可采莲》、《乌生》、《十五子》、《白头吟》之属是也。吴哥(歌)杂曲,并出江东,晋、宋以来,稍有增广。"郭茂倩《乐府诗集》"杂曲歌辞"题解云:"汉、魏之世,歌咏杂兴,而诗之流乃有八名:曰行,曰引,曰歌,曰谣,曰吟,曰咏,曰怨,曰叹,皆诗人六义之馀也。至其协声律,播金石,而总谓之曲。若夫均奏之高下,音节之缓急,文辞之多少,则系乎作者才思之浅深,与其风俗之薄厚。当是时,如司马相如、曹植之徒,所为文章,深厚尔雅,犹有古之遗风焉。自晋迁江左,下逮隋、唐,德泽浸微,风化不竞,去圣逾远,繁音日滋。艳曲兴于南朝,胡音生于北俗。哀淫靡曼之辞,迭作并起,流而忘反,以至陵夷。"

故笔者认为民间俗曲在范围上至少包括《乐府诗集》"相和歌辞"、"清商曲辞"、"杂曲歌辞"三类。

从"文"与"乐"的关系来看,此类声诗在初始时,"乐"是主要的,正如后世词曲调牌一样,乐调的流行在很大程度上推动了其文辞的写作。在魏晋六朝各类歌诗中,此类歌诗数量最多,其曲调的艺术性或流行性也是最高的,这是以上谈及的各种"雅乐"难以比拟的。

从历史变迁来看,此类歌诗本为民间歌谣,不为世人所重,随用随弃,但前代有幸遗存的在后代往往受到珍视,甚至作为朝廷雅乐而有专门机构进行管理。郭茂倩《乐府诗集》"相和歌辞"题解云:

《宋书·乐志》曰:"相和,汉旧曲也,丝竹更相和,执节者歌。本一部,魏明帝分为二,更递夜宿。本十七曲,《硃生》、《宋识》、《列和》等复合之为十三曲。"其后晋荀勖又采旧辞施用于世,谓之清商三调歌诗,即沈约所谓"因弦管金石造歌以被之"者也。《唐书·乐志》曰:"平调、清调、瑟调,皆周房中曲之遗声,汉世谓之三调。又有楚调、侧调。楚调者,汉房中乐也。高帝乐楚声，故房中乐皆楚声也。侧调者，生于楚调，与前三调总谓之相和调。"《晋书·乐志》曰："凡乐章古辞存者，并汉世街陌讴谣，《江南可采莲》、《乌生十五子》、《白头吟》之属。"其后渐被于弦管，即相和诸曲是也。魏晋之世，相承用之。承嘉之乱，五都沦覆，中朝旧音，散落江左。后魏孝文宣武，用师淮汉，收其所获南音，谓之清商乐，相和诸曲，亦皆在焉。所谓清商正声，相和五调伎也。

由此来看，所谓相和歌（包括清商乐）本为"汉世街陌讴谣"，但魏晋时已为当权者所采纳，魏明帝分为二部，晋荀勖谓之清商三调歌诗，北魏孝文帝珍视之，谓之清商乐。郭茂倩《乐府诗集》"清商曲辞"题解又云：

清商乐，一曰清乐。清乐者，九代之遗声。其始即相和三调是也，并汉魏已来旧曲。其辞皆古调及魏三祖所作。自晋朝播迁，其音分散，苻坚灭凉得之，传于前后二秦。及宋武定关中，因而入南，不复存于内地。自时已后，南朝文物号为最盛。民谣国俗，亦世有新声。故王僧虔论三调歌曰："今之清商，实由铜雀。魏氏三祖，风流可怀。京洛相高，江左弥重。而情变听改，稍复零落。十数年间，亡者将半。所以追馀操而长怀，抚遗器而太息者矣。"后魏孝文讨淮汉，宣武定寿春，收其声伎，得江左所传中原旧曲，《明君》、《圣主》、《公莫》、《白鸠》之属，及江南吴歌、荆楚西声，总谓之清商乐。至于殿庭飨宴，则兼奏之。遭梁、陈亡乱，存者盖寡。及隋平陈得之，文帝善其节奏，曰："此华夏正声也。"乃微更损益，去其哀怨，考而补之，以新定律吕，更造乐器。因于太常置清商署以管之，谓之"清乐"。

由此来看，隋文帝时专置"清商署"进行管理的"清乐"，一部分可称为"九代之遗声"，同时也包括魏晋以来的"新声"（包括"江南吴歌"、"荆楚西声"等）。但不论是"九代之遗声"还是"新声"，其初始都是民间俗曲。

如《乐府诗集》"清商曲辞"一类被列为"吴声歌曲"的《懊侬歌》，沈约《宋书·五行志》曰："晋安帝隆安中，民忽作《懊侬歌》，其曲中有'草生可揽结，女儿可揽抱'之言。桓玄既篡居天位,义旗以三月二日扫定京师,玄之宫女及逆党之家子女妓妾悉为军赏。东及瓯越,北流淮泗,人皆有所获焉。时则草可结事,则女可抱信矣。"《古今乐录》曰:"《懊侬歌》者,晋石崇绿珠所作,唯'丝布涩难缝'一曲而已。后皆隆安初民间讹谣之曲。宋少帝更制新歌三十六曲。齐太祖常谓之《中朝曲》,梁天监十一年,武帝敕法云改为《相思曲》。"由此可见,《懊侬歌》本为"隆安初民间讹谣之曲",而后有幸得到齐太祖、梁武帝的青睐,并赐予新名。从《乐府诗集》所收十四首《懊侬歌》来看,仍然有浓厚的民间色彩。

魏晋南北朝时民间流行歌诗,且皆属徒歌,其中有些歌诗可能有幸被之管弦,出现因曲造歌的情况,后世文人歌诗皆由此而生。沈约《宋书·乐志》述及《子夜哥(歌)》、《前溪哥(歌)》、《阿子》及《欢闻哥(歌)》、《团扇哥(歌)》、《懊侬哥(歌)》、《中朝曲》、《长史变》、《读曲哥(歌)》等曲云:"凡此诸曲,始皆徒哥(歌),既而被之弦管。又有因弦管金石,造哥(歌)以被之,魏世三调哥(歌)词之类是也。"

以最有名的《箜篌引》(又名《公无渡河》)为例。此曲最初即为民间徒歌,后被之箜篌而更流行。崔豹《古今注》曰:"《箜篌引》者,朝鲜津卒霍里子高妻丽玉所作也。子高晨起刺船,有一白首狂夫,被发提壶,乱流而渡,其妻随而止之,不及,遂堕河而死。于是援箜篌而歌曰:'公无渡河,公竟渡河,堕河而死,将奈公何。'声甚凄怆,曲终亦投河而死。子高还,以语丽玉。丽玉伤之,乃引箜篌而写其声,闻者莫不堕泪饮泣。丽玉以其曲传邻女丽容,名曰《箜篌引》。"

又如《秋胡行》,据《西京杂记》记述,秋胡得官归乡,路途调戏桑妇(即其妻子),其妻羞愧所嫁非人,"自投于河而死"。吴兢《乐府解题》曰:"后人哀而赋之,为《秋胡行》。"陈王僧虔(426—485)《技录》最早将其录为"清调"曲。释智匠《古今乐录》曰:"王僧虔《技录》,清调有六曲:一《苦寒行》,二《豫章行》,三《董逃行》,四《相逢狭路间行》,五《塘上行》,六《秋胡行》。荀氏《录》所载九曲,传者五曲。晋、宋、齐所歌,今不歌。……其器有笙、笛(下声弄、高弄、游弄)、篪、节、琴、瑟、筝、琵琶八种。歌弦四弦。"由此可见,《秋胡行》本为民间个人咏唱,后来也已入弦管。

从"乐"的角度看,魏晋南北朝时民间流行歌诗所用之"乐"虽然较"雅乐"有更高的独立性,因其被于管弦,然后又有如沈约《宋书·乐志》所说的"因弦管金石,造歌以被之"的情况。虽然如此,我们也应指出,这种因"乐"而造之"文",并不是稳定不变的,由于"文"与"乐"的相互制约关系,更由于传辞的需要,随着时间的推移,最终仍然会出现"文"为主、"乐"为从的格局。仍以前举《秋胡行》为例,《秋胡行》汉辞今不存,今存最早的《秋胡行》辞为沈约《宋书·乐志》所载魏武帝曹操的《秋胡行》四解:

晨上散关山,此道当何难。晨上散关山,此道当何难。牛顿不起,车堕谷间。坐盘石之上,弹五弦之琴,作为清角韵。意中迷烦,歌以言志。晨上散关山。一解

有何三老公,卒来在我傍。有何三老公,卒来在我傍。负揜被裘,似非恒人,谓卿云何困苦以自怨。徨徨所欲,来到此间,歌以言志。有何三老公。二解

我居昆仑山,所谓者真人。我居昆仑山,所谓者真人。道深有可得,名山历观。遨游八极,枕石漱流饮泉。沉吟不决,遂上升天,歌以言志。我居昆仑山。三解

去去不可追,长恨相牵攀。去去不可追,长恨相牵攀。夜夜安得寐,惆怅以自怜。正而不谲,辞赋依因。经传所过,西来所传,歌以言志。去去不可追。四解

曹操撰写《秋胡行》两篇,此为四解的一篇,另一篇为五解。文辞格式基本相近。据《魏志·武帝纪》载:"建安二十年三月,公西征张鲁,至陈仓,夏四月,公自陈仓,出以散关。"《秋胡行》当写于此时。曹操撰写的两篇《秋胡行》其内容都是求仙问道事。按,若吴兢《乐府解题》所述属实,即《秋胡行》为后人为秋胡妻投江而死事作,则其曲情显然与曹操《秋胡行》相去甚远。而曹操《秋胡行》的词情与后来曹丕、嵇康、陆机等人之作相比,可谓各各不同。各选一首,并列于后,以资比较:

秋胡行 魏 曹丕

尧任舜禹,当复何为。百兽率舞,凤皇来仪。得人则安,失人则危。唯贤知贤,人不易知。歌以咏言,诚不易移。鸣条之役,万举必全。明德通

灵,降福自天。

同前　魏 嵇康

富贵尊荣,忧患谅独多。富贵尊荣,忧患谅独多。古人所惧,丰屋蔀家。人害其上,兽恶网罗。惟有贫贱,可以无他。歌以言之,富贵忧患多。

同前　晋 傅玄

秋胡子娶妇,三日会行。仕宦既享显爵,保兹德音。以禄颐亲,韫此黄金。睹一好妇,采桑路傍。遂下黄金,诱以逢卿。玉磨逾洁,兰动弥馨。源流洁清,水无浊波。奈何秋胡,中道怀邪。美此节妇,高行巍峨。哀哉可愍,自投长河。

同前　晋 陆机

道虽一致,涂有万端。吉凶纷蔼,休咎之源。人鲜知命,命未易观。生亦何惜,功名所勤。

同前　宋 谢惠连

春日迟迟,桑何萋萋。红桃含妖,绿柳舒荑。邂逅粲者,游渚戏蹊。华颜易改,良愿难谐。

同前　宋 颜延之

椅梧倾高凤,寒谷待鸣律。影响岂不怀,自远每相匹。婉彼幽闲女,作嫔君子室。峻节贯秋霜,明艳侔朝日。嘉运既我从,欣愿自此毕。

同前　齐 王融

日月共为照,松筠俱以贞。佩分甘自远,结镜待君明。且协金兰好,方愉琴瑟情。佳人忽千里,空闺积思生。

以上各篇《秋胡行》从内容风格来看,相去甚远,傅玄《秋胡行》是以秋胡事为题而赋写,其他各篇则各言其志,或求贤祈福(曹丕),或感于忧患(嵇康),或感于命运难卜(陆机),或感于良愿难谐(谢惠连),或抒闺思(王融),或发欣愿(颜延之)。从文体形式看,曹操《秋胡行》杂用四言、五言,曹丕所作为整齐的四言,嵇康所作以四言为主,兼用五言,谢惠连虽用整齐四言但句数与曹丕不同,颜延之、王融用整齐五言。故从内容、形式两方面来看,如果认为《秋胡行》的"乐"调始终有稳定性,从曹操到王融无大变动,显然非常危险。相反,我们只能认为,如果"乐"调从根本来说是为"文"辞内容服务的,则其"乐"因"文"的变化而变化,最终仍然表现为"文"为主、"乐"为从。

我们认为,《秋胡行》"文"与"乐"的关系,并非个别现象,而是魏晋南北朝时期民间流行歌诗的普遍情况。比如著名的《玉树后庭花》等所谓陈后主所制亡国之曲,其实当视为陈后主所制之"诗"。李延寿《南史》曰:"后主每引宾客游宴,则使诸贵人女学士与狎客共赋新诗,互相赠答。采其尤艳丽者,以为曲调,被以新声,选宫女有容色者以千百数,令习而歌之,分部迭进,持以相乐。其曲有《玉树后庭花》、《临春乐》等。其略云:'璧月夜夜满,琼树朝朝新。'大抵所归,皆美张贵妃、孔贵嫔之容色。"《旧唐书·音乐志》云:"《春江花月夜》、《玉树后庭花》、《堂堂》,并陈后主所作。后主常与宫中女学士及朝臣相和为诗,太常令何胥又善于文咏,采其尤艳丽者,以为此曲。"这些材料都说明,所谓陈后主制《玉树后庭花》曲,乃是指陈后主先作诗,其诗作后付乐宫歌唱,非是陈后主创作"乐曲"。

◎第五讲 汉魏六朝歌唱"本辞"与"乐奏辞"之关系

文人所作之文辞在入乐歌唱时,乐工常常有所更易,因而导致文人之"辞"与乐工之"乐辞"在文本上有或多或少的出入。郭茂倩《乐府诗集》在编录历代声诗时,将文人之"辞"称为"本辞",将乐工之"乐辞"称为"乐奏辞"①。由于汉魏六朝声诗歌唱的乐谱今无一存,故当我们在探讨汉魏六朝声诗"文"与"乐"之关系时,"本辞"与"乐奏辞"的异同比较对我们理解"文"与"乐"之关系就有着非常重要的意义。有鉴于此,本节将主要从汉魏六朝声诗"本辞"与"乐奏辞"异同比较中,探讨汉魏六朝声诗"文"与"乐"的相互张力。

从"本辞"与"乐奏辞"的关系来看,我们似可将汉魏六朝声诗分为以下几种情况。

一、"本辞"添加和声而成"乐奏辞"

"和,相应也"(《说文》),"和,声相应"(《广韵》)。中国古代的歌唱,有一类歌唱是一人起唱,他人应和,他人应和的这一部分唐宋时多称"和声"。北宋人沈括《梦溪笔谈》云:

> 古诗皆咏之,然后以声依咏以成"曲",……诗之外又有"和声",则所谓"曲"也。古乐府皆有"声"有"词",连属书之;如"贺贺贺"、"何何何"之类,

---

① 按,逯钦立先生所编《先秦汉魏晋南北朝诗》收录魏晋南北朝时歌诗甚为全备,厥功甚伟。然在收录时常常收录乐奏辞而不录作家本辞,同时又将乐奏辞归在作家名下,似有失斟酌。笔者认为在本辞可考的情况下,应首先录作家本辞,乐奏辞可作为附录;只有在本辞不可考,仅存乐奏辞的情况下才能录乐奏辞,而且应最好有所说明。

皆"和声"也。今管弦之中"缠声",亦其遗法也。唐人乃以"词"填入"曲"中,不复用"和声"。

现存汉魏六朝声诗文献中,我们未能找到沈括所谓的"贺贺贺"、"何何何"之类的"和声",但今存汉魏六朝声诗中应当有相当数量的乐奏辞是由文人本辞另加和声而成,应无可疑。故本节将这一类声诗列为一类加以考察。

现存最早的相合歌辞似为赵岐《三辅决录》所录东汉章帝时人梁鸿所作《五噫歌》,其辞为:

陟彼北邙兮,噫!顾瞻帝京兮,噫!宫阙崔嵬兮,噫!民之劬劳兮,噫!辽辽未央兮,噫!

梁鸿所作《五噫歌》中每句后的"噫"应为和声之反映,是否为梁鸿本辞很难判定。今存较早也较典型的和声歌辞为《后汉书·五行志》所载的《董逃行》,其辞为:

承乐世。董逃。游四郭。董逃。蒙天恩。董逃。带金紫。董逃。行谢恩。董逃。整车骑。董逃。垂欲发。董逃。与中辞。董逃。出西门。董逃。瞻宫殿。董逃。望京城。董逃。日夜绝。董逃。心摧伤。董逃。

崔豹《古今注》曰:"《董逃歌》,后汉游童所作也。终有董卓作乱,卒以逃亡。后人习之为歌章,乐府奏之以为儆诫焉。"《董逃行》中"董逃"二字为和声之辞无疑。又如《上留田行》,《古今乐录》曰:"王僧虔《技录》有《上留田行》,今不歌。"崔豹《古今注》曰:"上留田,地名也。人有父母死兄不字其孤弟者,邻人为其弟作悲歌以风其兄,故曰《上留田》。"《乐府广题》曰:"盖汉世人也。云:'里中有啼儿,似类亲父子。回车问啼儿,慷慨不可止。'"魏文帝曹丕所作《上留田行》辞为:

居世一何不同,上留田。富人食稻与粱,上留田。贫子食糟与糠,上留田。贫贱亦何伤,上留田。禄命悬在苍天,上留田。今尔叹息将欲谁怨?

上留田。

曹丕所作《上留田行》中的"上留田"三字自当为和声之辞。晋陆机《上留田行》辞为：

嗟行人之蔼蔼，骏马陟原风驰。轻舟泛川雷迈，寒往暑来相寻。零雪霏霏集宇，悲风徘徊入襟。岁华冉冉方除，我思缠绵未纾，感时悼逝凄如。

从文体来看，陆诗与曹丕诗有颇多近似（多为六言），如果陆诗入唱，当于每句后增加和声之辞"上留田"。再如宋谢灵运的《上留田行》辞为：

薄游出彼东道，上留田。薄游出彼东道，上留田。循听一何矗矗，上留田。澄川一何皎皎，上留田。悠哉遏矣征夫，上留田。悠哉遏矣征夫，上留田。两服上阪电游，上留田。舫舟下游飘驱，上留田。此别既久无适，上留田。此别既久无适，上留田。寸心系在万里，上留田。尺素遵此千夕，上留田。秋冬迭相去就，上留田。秋冬迭相去就，上留田。素雪纷纷鹤委，上留田。清风飙飙入袖，上留田。岁云暮矣增忧，上留田。岁云暮矣增忧，上留田。诚知运来讵抑，上留田。熟视年往莫留，上留田。

谢灵运《上留田行》的所有"上留田"三字自当为和声之辞。

二、"本辞"添加叠唱而成"乐奏辞"

由于中国古代歌唱都以传辞为目的，因为情感抒发的需要，有些辞句往往会重复吟唱。这在后世的南北曲及民歌中甚为普遍。如元关汉卿《单刀会》第四折，明抄本起首两曲为：

【双调·新水令】大江东去浪千叠，引着这数十人驾着这小舟一叶。又不比九重龙凤阙,可正是千丈虎狼穴。大丈夫心烈,我觑这单刀会似赛村社。

【驻马听】水涌山叠,年少周郎何处也?不觉的灰飞烟灭,可怜黄盖转伤嗟。破曹的樯橹一时绝,鏖兵的江水犹然热,好教我情惨切!二十年流不尽的英雄血!

近人王季烈所编《集成曲谱》本为:

【双调·新水令】大江东去浪千叠,趁西风驾着这小舟一叶。才离了九重龙凤阙,早来到千丈虎狼穴。大丈夫心烈,大丈夫心烈,觑着那单刀会似村会社。

【驻马听】依旧的水涌山叠,依旧的水涌山叠,好一个年少的周郎怎在何处也?不觉灰飞烟灭,可怜黄盖转伤嗟。破曹的樯橹当时绝,只这鏖兵江水犹然热,好教我心惨切。这是二十年流不尽英雄血!

两相比较可见,后者"大丈夫心烈"和"水涌山叠"两句均使用叠唱。前举谢灵运《上留田行》中"悠哉遐矣征夫"、"此别既久无适"、"岁云暮矣增忧"三句也都是叠唱。魏晋南北朝歌诗用叠唱者甚多。如魏武帝曹操《塘上行》,晋乐所奏与本辞有显著差异,表列以示:

解数	本　辞	晋乐辞
一解	蒲生我池中,其叶何离离。傍能行仁义,莫若妾自知。众口铄黄金,使君生别离。	蒲生我池中,蒲生我池中,其叶何离离。傍能行人仪,莫能缕自知。众口铄黄金,使君生别离。
二解	念君去我时,独愁常苦悲。想见君颜色,感结伤心脾。念君常苦悲,夜夜不能寐。	念君去我时,念君去我时,独愁常苦悲。想见君颜色,感结伤心脾。今悉夜夜愁不寐。
三解	莫以豪贤故,弃捐素所爱。莫以鱼肉贱,弃捐葱与薤。莫以麻枲贱,弃捐菅与蒯。	莫用豪贤故,莫用豪贤故,弃捐素所爱。莫用鱼肉贵,弃捐葱与薤。莫用麻枲贱,弃捐菅与蒯。

续表

解数	本　辞	晋乐辞
四解		倍恩者苦枯，倍恩者苦枯，蹶船常苦没，教君安息定，慎莫致仓卒。念与君一共离别，亦当何时，共坐复相对。
五解	出亦复苦愁，入亦复苦愁。边地多悲风，树木何脩脩。从君致独乐，延年寿千秋。	出亦复苦愁，出亦复苦愁，入亦复苦愁。边地多悲风，树木何萧萧。今日乐相乐，延年寿千秋。

除个别的字句有变动外，比较明显的是每解第一句皆用叠唱。【塘上行】的叠唱是属于比较整齐的情况，曹操所作【苦寒行】也是这种情况，表列以示：

解数	本　辞	晋乐辞
一解	北上太行山，艰哉何巍巍！羊肠坂诘曲，车轮为之摧。	北上太行山，艰哉何巍巍！太行山，艰哉何巍巍！羊肠阪诘曲，车轮为之摧。
二解	树木何萧瑟，北风声正悲。熊罴对我蹲，虎豹夹路啼。	树木何萧瑟，北风声正悲。何萧瑟，北风声正悲。熊罴对我蹲，虎豹夹道啼。
三解	溪谷少人民，雪落何霏霏。延颈长叹息，远行多所怀。	溪谷少人民，雪落何霏霏。少人民，雪落何霏霏。延颈长叹息，远行多所怀。
四解	我心何怫郁，思欲一东归。水深桥梁绝，中路正徘徊。	我心何怫郁，思欲一东归。何怫郁，思欲一东归。水深桥梁绝，中道正徘徊。
五解	迷惑失故路，薄暮无宿栖。行行日以远，人马同时饥。	迷惑失径路，瞑无所宿栖。失径路，瞑无所宿栖。行行日以远，人马同时饥。
六解	担囊行取薪，斧冰持作糜。悲彼东山诗，悠悠令我哀。	担囊行取薪，斧冰持作糜。担囊行取薪，斧冰持作糜。悲彼东山诗，悠悠使我哀。

同样是魏武帝曹操所作的《秋胡行》，按，沈约《宋书·乐志》所载为其乐奏辞：

晨上散关山，此道当何难！晨上散关山，此道当何难！牛顿不起，车堕谷间。坐盘石之上，弹五弦之琴，作为清角韵，意中迷烦。歌以言志，晨上散关山。（一解）

有何三老公，卒来在我傍。有何三老公，卒来在我傍。员掩被裘，似非

恒人。谓卿云何,困苦以自怨,徨徨所欲,来到此间。歌以言志,有何三老公。(二解)

我居昆仑山,所谓者真人。我居昆仑山,所谓者真人。道深有可得。名山历观,遨游八极。枕石漱流饮泉。沈吟不决,遂上升天。歌以言志,我居昆仑山。(三解)

去去不可追,长恨相牵攀。去去不可追,长恨相牵攀。夜夜安得寐,惆怅以自怜。正而不谲,辞赋依因。经传所过,西来所传。歌以言志,去去不可追。(四解)

按,上举曹操《秋胡行》显然非曹操本辞,其中当有叠唱内容,笔者认为至少每解的首两句都使用了叠唱,至于每解之末带有套语意味的"歌以言志,晨上散关山"、"歌以言志,有何三老公"、"歌以言志,我居昆仑山"、"歌以言志,去去不可追"等是否也为叠唱则难于判定。

《塘上行》、《苦寒行》、《秋胡行》的叠唱都是属于比较整齐的情况,也有些叠唱使用很不规则。如《西门行》,《乐府诗集》所载本辞与乐奏辞有不少出入,表示如下:

解数	本　辞	晋乐辞
一解	出西门,步念之。今日不作乐,当待何时。	出西门,步念之。今日不作乐,当待何时。
二解	逮为乐,逮为乐,当及时。何能愁怫郁,当复待来兹。	夫为乐,为乐当及时。何能坐愁怫郁,当复来兹。
三解	酿美酒,炙肥牛。请呼心所欢,可用解忧愁。	饮醇酒,炙肥牛。请呼心所欢,可用解愁忧。
四解	人生不满百,常怀千岁忧。昼短而夜长,何不秉烛游。	人生不满百,常怀千岁忧。昼短而夜长,何不秉烛游。
五解		自非仙人王子乔,计会寿命难与期。自非仙人王子乔,计会寿命难与期。
六解	游行去去如云除,弊车羸马为自储。	人寿非金石,年命安可期;贪财爱惜费,但为后世嗤。

上《西门行》乐奏辞载于《宋书·乐志》,本辞见于《乐府诗集》(未知其文献来源)。叠唱仅见于其第五解。

又如《东门行》,《乐府诗集》并载其本辞、乐奏辞,表示如下:

解数	本　辞	晋乐辞
一解	出东门,不顾归。来入门,怅欲悲。盎中无斗米储,还视架上无悬衣。	出东门,不顾归。来入门,怅欲悲。盎中无斗储,还视桁上无悬衣。
二解	拔剑东门去,舍中儿母牵衣啼。他家但愿富贵,贱妾与君共餔糜。	拔剑出门去,儿女牵衣啼。他家但愿富贵,贱妾与君共餔糜。
三解	上用仓浪天故,下当用此黄口儿。	共餔糜,上用仓浪天故,下为黄口小儿。今时清廉,难犯教言,君复自爱莫为非。
四解	今非,咄!行!吾去为迟,白发时下难久居。	今时清廉,难犯教言,君复自爱莫为非。行!吾去为迟,平慎行,望君归。

按,对比《东门行》的本辞、乐奏辞,可以看出其本辞与乐奏辞有较大出入,且叠唱使用甚不规则。叠唱使用主要见于"共餔糜"及"今时清廉,难犯教言,君复自爱莫为非"两句。

《宋书·乐志》相和曲中的《平陵东》也使用叠唱,不过与一般的叠唱有不同:

平陵东,松柏桐,不知何人劫义公。劫义公在高堂下,交钱百万两走马。两走马,亦诚难,顾见追吏心中恻。心中恻,血出漉,归告我家卖黄犊。

《平陵东》的叠唱基本上是顶针格,即前句的末三字叠唱而成为后句的首三字。由于《宋书·乐志》、《乐府诗集》等文献均未载其本辞,我们今日也无法考证其本辞与乐奏辞的差别,也很有可能乐奏辞本身即是作者本辞,但其使用叠唱则是毋庸置疑的。

三、"本辞"添加套语而成"乐奏辞"

由于魏晋南北朝时的许多歌诗产生于歌舞筵席,乐人在歌唱时有可能加入一些套语，从而使得作者的本辞与乐奏辞有出入。被列为相和歌辞"楚调曲"的无名氏《白头吟》，《乐府诗集》并载其本辞、乐奏辞，表列如下：

解数	本　辞	晋乐辞
一解	皑如山上雪，皎若云间月。闻君有两意，故来相决绝。	皑如山上云，皎若云间月。闻君有两意，故来相决绝。
二解	今日斗酒会，明旦沟水头。躞蹀御沟上，沟水东西流。	平生共城中，何尝斗酒会。今日斗酒会，明旦沟水头。蹀躞御沟上，沟水东西流。
三解		郭东亦有樵，郭西亦有樵。两樵相推与，无亲为谁骄？
四解	凄凄复凄凄，嫁娶不须啼。愿得一心人，白头不相离。	凄凄重凄凄，嫁娶亦不啼。愿得一心人，白头不相离。
五解	竹竿何袅袅，鱼尾何嫋嫋。男儿重意气，何用钱刀为！	竹竿何嫋嫋，鱼尾何离徙。男儿欲相知，何用钱刀为！齰如马噉萁，川上高士嬉。今日相对乐，延年万岁期。

对比本辞和乐奏辞可见，乐奏辞较本辞增出很多，其变化的规律很难看出。但值得注意的是，从辞意来看《白头吟》为弃妇含怨之曲，其在演唱将终时竟然唱出"今日相对乐，延年万岁期"，非常之不伦。因此我们可以认定此曲应当为王公贵族宴会所奏，故乐人有此套语。"今日相对乐，延年万岁期"这一套语也出现在"楚调曲"的《怨诗行》的演唱中。

同被列入"楚调曲"的《怨诗行》，《乐府诗集》并载曹植所作本辞、乐奏辞，表列如下：

解数	本　辞	晋乐辞
一解	明月照高楼，流光正徘徊。上有愁思妇，悲叹有馀哀。	明月照高楼，流光正徘徊。上有愁思妇，悲叹有馀哀。
二解	借问叹者谁，言是客子妻。君行踰十年，孤妾常独栖。	借问叹者谁？自云客子妻。夫行踰十载，贱妾常独栖。
三解	君若清路尘，妾若浊水泥。浮沈各异势，会合何时谐。	念君过于渴，思君剧于饥。君为高山柏，妾为浊水泥。

解数	本　辞	晋乐辞
四解	愿为西南风,长逝入君怀。君怀时不开,妾心当何依。	北风行萧萧,烈烈入吾耳。心中念故人,泪堕不能止。
五解		沈浮各异路,会合当何谐。愿作东北风,吹我入君怀。
六解		君怀常不开,贱妾当何依。恩情中道绝,流止任东西。
七解		我欲竟此曲,此曲悲且长。今日乐相乐,别后莫相忘。

将《怨诗行》的本辞和乐奏辞对比可见,乐奏辞较本辞增出很多,后者几乎是前者的两倍,很难看出规律。与《白头吟》相似的是,其最末的两句唱词"今日乐相乐,别后莫相忘"也明显与整个曲情不谐和,应为乐人临时加入的套语。"古辞"《艳歌何尝行》最末有"今日乐相乐,延年万岁期",曹操《塘上行》晋乐奏辞末有"今日乐相乐,延年寿千秋"①。陈江总甚至创作《今日乐相乐》曲。故我们认为"今日相对乐,延年万岁期"一类的辞句应当为当时乐工之套语。

又如相和曲《鸡鸣》中有"黄金为君门,白玉为君堂。上有双樽酒,作使邯郸倡",《相逢行》(又名《相逢狭路间行》)有"黄金为君门,璧玉为轩堂。堂上置樽酒,作使邯郸倡"。由此,我们认为,与"今日相对乐,延年万岁期"一样,"黄金为君门,璧玉为轩堂。堂上置樽酒,作使邯郸倡"也当为当时乐工之套语。

四、随意增删"本辞"而成"乐奏辞"

文人本辞真正成为乐奏辞时会发生哪些变化,我们以上试图总结出规律性的一面,但从现有的文献看,从本辞到乐奏辞其变化更多是非规律性的,或者说艺人在采纳文人之辞入乐时,常常是随意宰割文辞。如魏文帝曹丕所作《燕歌行》,从乐奏辞

---

① 按,曹操原辞最末一句为"从君致独乐,延年寿千秋"。

来看,曹丕时《燕歌行》皆七解,每解七言两句(唯第七解三句),共十五句,而曹丕本辞仅十三句①,由此我们可以看到其增饰的情况,表列如下:

解数	晋乐辞	本辞
一解	别日何易会日难,山川悠远路漫漫。	别日何易会日难,山川悠远路漫漫。
二解	郁陶思君未敢言,寄书浮云往不还。	郁陶思君未敢言,寄声浮云往不还。
三解	涕零雨面毁形颜,谁能怀忧独不叹。	涕零雨面毁容颜,谁能怀忧独不叹。
四解	耿耿伏枕不能眠,披衣出户步东西。	展诗清歌聊自宽,乐来哀来摧肺肝。
五解	展诗清歌聊自宽,乐往哀来摧心肝。	耿耿伏枕不能眠,披衣出户步东西。
六解	悲风清厉秋气寒,罗帷徐动经秦轩。	仰看星月观云间,飞鸽晨鸣声可怜,留连顾怀不能存。
七解	仰戴星月观云间,飞鸟晨鸣声可怜,留连顾怀不自存。	

对比曹丕《燕歌行》的本辞和乐奏辞,我们可以看到,乐人在演唱时的改易有时不通情理,如将"毁容颜"改为"毁形颜",从语意上看原辞有情感传递的层次,由展诗而心伤而披衣出户,进而仰观星月,闻鸽鸣声声,乐奏辞将"展诗清歌聊自宽,乐往哀来摧心肝"一句调至"披衣出户步东西"之后,不独使"展诗"失去依托,后文的"仰戴星月"也失去依据。

又如被列为相和歌辞"楚调曲"的《满歌行》,今存无名氏辞(《乐府诗集》称为"古辞"),《乐府诗集》并存其乐奏辞及本辞,表列如下:

解数	晋乐辞	本辞
一解	为乐未几时,遭世险巇,逢此百罹,伶丁荼毒,愁懑难支。遥望辰极,天晓月移。忧来填心,谁当我知。	为乐未几时,遭世险巇,逢此百罹,伶丁荼毒,愁苦难为。遥望极辰,天晓月移。忧来填心,谁当我知。
二解	戚戚多思虑,耿耿不宁。祸福无形,惟念古人,逊位躬耕。遂我所愿,以兹自宁。自鄙山栖,守此一荣。	戚戚多思虑,耿耿殊不宁。祸福无形,惟念古人,逊位躬耕。遂我所愿,以兹自宁。自鄙栖栖,守此末荣。

---

① 按,今存曹丕《燕歌行》凡两首,其第一首(首句"秋风萧瑟天气凉")仅存其乐奏辞,七言十五句,其本辞不得而知。笔者认为,其本辞与乐奏辞应当有出入。

续表

解数	晋乐辞	本辞
三解	暮秋烈风起,西蹈沧海。心不能安,揽衣起瞻夜,北斗阑干。星汉照我,去去自无他。奉事二亲,劳心可言。	暮秋烈风,昔蹈沧海。心不能安,揽衣瞻夜,北斗阑干。星汉照我,去自无他。奉事二亲,劳心可言。
四解	穷达天所为,智者不愁,多为少忧。安贫乐正道,师彼庄周。遗名者贵,子熙同蠰。往者二贤,名垂千秋。	穷达天为,智者不愁,多为少忧。安贫乐道,师彼庄周。遗名者贵,子退同游。往者二贤,名垂千秋。
趋	饮酒歌舞,不乐何须。善哉照观日月,日月驰驱,辚轲世间。何有何无,贪财惜费,此一何愚。命如凿石见火,居世竟能几时?但当欢乐自娱,尽心极所嬉怡。安善养君德性,百年保此期颐。	饮酒歌舞,乐复何须。照视日月,日月驰驱。辚轲人间。何有何无,贪财惜费,此一何愚。凿石见火,居代几时?为当欢乐,心得所喜。安神养性,得保遐期。

将无名氏《满歌行》的本辞和乐奏辞对比,我们可以看到:一、本辞基本是四字句,而乐奏辞多改为五字句或六字句,如第三解中的"暮秋烈风"改为"暮秋烈风起"、"去自无他"改为"去去自无他",第四解中的"穷达天为"改为"穷达天所为"、"安贫乐道"改为"安贫乐正道","趋"中的"照视日月"改为"善哉照观日月"、"凿石见火"改为"命如凿石见火"、"居代几时"改为"居世竟能几时"、"为当欢乐"改为"但当欢乐自娱"、"心得所喜"改为"尽心极所嬉怡"、"安神养性"改为"安善养君德性"、"得保遐期"改为"百年保此期颐";二、乐奏辞的增饰或改动基本是随意的,应当出于配合音乐的需要(特别明显的是"趋"中改自四字句的六字句),从文辞的表达而言颇有点金成铁之嫌。

总以上,我们认为,汉魏六朝声诗"文"与"乐"之间始终存在张力,从总体而言,其"乐"是为"文"服务的,但是"乐"也对"文"有一定的影响。从汉魏六朝声诗本辞与乐奏辞的关系来看,乐奏辞虽然因为各种情况而与本辞有一定出入或改动,正如刘勰《文心雕龙·乐府》所言:"凡乐辞曰诗,诗声曰歌,声来被辞,辞繁难节。故陈思称'左延年闲于增损古辞,多者则宜减之',明贵约也。"但从总体来看,仍然是以本辞为中心的,这正是左延年一类的唱家或乐工职责之所在。

◎第六讲　汉唐"乐府诗"辨议

自汉至唐,中国古代诗歌中有"乐府诗"一类,此似无疑义。梁萧统所编《昭明文选》、宋郭茂倩所编《乐府诗集》及清康熙时编成的《全唐诗》等诗集都收录"乐府(诗)"类诗作。现存汉魏以来文人别集,如曹植《曹子建文集》、陆机《陆士衡文集》、鲍照《鲍参军集》及李白《李太白集》、白居易《白氏长庆集》、元稹《元氏长庆集》、张籍《张司业诗集》、刘禹锡《刘梦得文集》、皮日休《皮日休文集》等,也都有"乐府(诗)"一类。郭茂倩所编《乐府诗集》汇集五代前之历代"乐府诗",历来广被赞誉,陈振孙《直斋书录解题》称许说:"凡古今号称乐府者皆在焉",《四库总目提要》赞为"乐府中第一善本",《全唐诗》"乐府诗"之编辑显然本自《乐府诗集》。"乐府诗"是否是古已有之,且始终不变,我们只需顺其自然地接受这一现成的术语而不必有任何辨析呢?假如中国古代诗歌中确实有一类可称"乐府诗",那么究竟哪些诗作是"乐府诗"? 其特征究竟何在?

事实上,正如中国古史一样,今人通常理解的"乐府(诗)"这一术语也是"层累地造成的"。自汉代以来的传世文献中"乐府"以及"乐府诗"之所指不是始终不变,而几乎是代代有变。换言之,唐人之"乐府"可能不同于六朝,六朝人之"乐府"可能异于汉,如果我们试图对历代所谓"乐府(诗)"有真正切实的理解,而不是含混笼统或想当然,我们不得不对其做一最基本的历史梳理、辨析。

一、作为管理机构的"乐府"

梳理、辨析汉魏以来"乐府(诗)"之观念,不能不从秦汉音乐管理机构的设置说起。秦汉两代管理音乐的乐官主要是太乐令和乐府令,前者为隶于外廷太常寺(秦称"奉常寺")的属官,后者是服务内廷的少府的属官。《汉书·百官公卿表》中有:"奉常,秦官,掌宗庙礼仪,有丞。景帝中六年更名太常。属官有太乐、太祝、太宰、太史、太卜、太医六令丞。"又云:"少府,秦官,掌山海池泽之税,以给共养,有六丞。属官有尚书、符节、太医、太官、汤官、导官、乐府、若卢、考工室、左弋、居室、甘泉居室、左右司空、东织、西织、东园匠十六官令丞。"前者配合太常寺执掌的郊庙祭祀及朝廷各种重要典礼,主要是装点门面,为礼仪所必需,名为典"乐",实为典"礼";后者则出于当权者耳目娱乐之需,倡优歌舞、百戏伎艺,都是货真价实。故王应麟《汉书艺文志考证》卷八引吕氏曰:"太乐令丞所职,雅乐也;乐府所职,郑卫之乐也。"刘永济先生《十四朝文学要略》说到太乐令、乐府令之不同职掌云:"二官判然不同。盖郊祀之乐,旧属太乐。乐府所掌,不过供奉帝王之物,侪于衣服宝货珍膳之次而已。与武帝以俳优蓄皋、朔之事,同出帝王夸奢荒淫之心。"

郊庙之乐本归太乐职掌,但汉武帝为建立新型的帝国祀典,大兴乐府,遂使乐府有侵夺太乐职能之事。故班固《汉书·礼乐志》曰:"至武帝定郊祀之礼,祠太一于甘泉,就乾位也;祭后土于汾阴,泽中方丘也。乃立乐府,采诗夜诵,有赵、代、秦、楚之讴。"

汉哀帝"性不好音",绥和二年(公元前7年)遂以"放郑声"为名罢乐府,此后郊庙之乐重归太乐职掌。

东汉以后,历代王朝在乐官设置上大多延续汉武帝之前的传统,即外廷、内廷两音乐机构并存,唯属官名称不尽相同。后汉太乐令改称大予乐令,魏晋以后又改称太乐令。后汉少府属官有承华令,典黄门鼓吹、百戏,职能与前汉乐府相近,魏晋则设清商属服务内廷。值得注意的是,梁武帝时大兴衣冠礼乐之事,乐官设置方面也有改革,其做法是将太乐、鼓吹、清商三署统归太常管辖,北齐、北周、陈、隋及初唐各乐官也都划归太常所辖。至唐玄宗时,始重设左、右教坊直接服务内廷。《资治通鉴》唐开元二年(714年)载:

> 旧制,雅、俗之乐皆隶太常。上(玄宗)精晓音律,以太常礼乐之司,不应典倡优杂伎,乃更置左右教坊以教俗乐,命右骁卫将军范及为之使。又选乐工数百人,自教法曲于梨园,谓之"皇帝梨园弟子"。

至此，内、外廷音乐之管理又有分别。

以上即汉唐音乐管理机构之大概。自西汉哀帝罢乐府后，东汉、魏晋等各朝一般仍有"乐府"类音乐机构专门服务内廷，以便帝王耳目之需，"乐府"作为正式的官署机构名再没有出现过。但此后人们在言及各类音乐机构或乐官时，并不一定有意去分别，而是习惯性地泛称为"乐府"。

西晋崔豹《古今注》曰："《董逃歌》，后汉游童所作也。后有董卓作乱，卒以逃亡。后人习之为歌章，乐府奏之以为儆诫焉。"按，后汉无"乐府"之设，此处所谓"乐府"当指后汉之大予乐或隶属于承华令的典黄门鼓吹。

东晋司马彪（？—306年）《后汉书·律历志》："元帝时郎中京房知五声之音，六十律之数，上使太子傅（韦）玄成、谏议大夫章杂，试问房于乐府。"

按，西汉有两京房，曾受知于汉元帝的京房精于律学，故有"试问（京）房于乐府"事，此所谓"乐府"当为隶属于太常的"太乐"。彼时的"太乐"显然可概称为"乐府"。

《乐府诗集》卷四十八引陈释智匠《古今乐录》曰："《估客乐》者，齐武帝之所制也。帝布衣时，尝游樊、邓。登祚以后，追忆往事而作歌。使乐府令刘瑶管弦被之教习，卒遂无成。"

按，杜佑《通典》、《旧唐书·音乐志》引述《古今乐录》这一段文字时，"乐府令"皆为"太乐令"。《乐府诗集》此处的"乐府令"或为编者郭茂倩所改，但"太乐令"、"乐府令"实际彼此通用，实为释智匠生活的梁陈时的普遍做法。

唐前历朝音乐官署设置既如上述，现在我们可进一步讨论"乐府（诗）"了。

二、"乐府"作为一类文字观念的出现

从现有文献来看，"乐府"作为一种文字或诗中的一类，与一般的"诗"、"赋"、"颂"、"铭"等韵文相区别，此种观念在魏晋之后才发生。后来人所谓汉"乐府诗"或者《乐府诗集》所收的"乐府诗"，当时并未称为"乐府"，其中有多少真正是自民间采集而来，也大可怀疑。《汉书·乐志》收录的祭祀汉高祖所用《安世房中歌》十七首、《郊祀歌》十九章分别为唐山夫人及司马相如等人所作，《汉书·艺文志》"诗赋略"著

录时统称为"歌诗",这些诗作并非采自民间无疑。这些诗作都被郭茂倩收录在《乐府诗集》"郊庙歌辞"部分。

《宋书·乐志》、《南齐书·乐志》、《隋书·乐志》、《旧唐书·乐志》与《汉书·乐志》一样,分别载录魏晋以来郊庙、燕射等典礼所用歌辞(《晋书·乐志》相关部分直接抄自《宋书》,其他各种正史均不载录),其作者分别为傅玄、王粲、谢庄、颜延之、张华、沈约、萧衍、庾信、张说等著名文人,其用于各种仪式时皆应为外廷太常寺下属的"太乐"类机构职掌。这几种史书均未称之为"乐府诗",郭茂倩也全数将其作为"郊庙歌辞"抄录在所编《乐府诗集》中。

值得注意的是《宋书·乐志》最早收录的所谓"汉鼓吹铙歌十八曲"(如《巫山高》、《上邪》、《战城南》等)及"汉旧歌"(如相和歌《江南可采莲》、《乌生八九子》、《东门行》、《西门行》等)。这些所谓"汉曲"、"汉歌"其作者皆为无名氏,其中许多有明显的民间文化色彩,其产生的确切时代已很难考实(笔者倾向于东汉及汉末),它们都应如《诗经》中的很多"风"诗一样本出自民间,乐官采集后,对之进一步修饰、改造和利用。就此而言,如果把《宋志》收录的所谓"汉鼓吹铙歌十八曲"及汉相和歌称为"乐府诗",可以说是名副其实,不过沈约《宋志》收录时还没有如此称谓。

古代中国被称为礼仪之邦,故《中庸》有所谓"礼仪三百,威仪三千",而文字作为思想交流的载体,为适应不同场合的需要,务须得体、合礼,随着文明的日渐展开和积累,人们对各种文字的体认和区分也日益自觉,而魏晋时可称为阶段性的跃进。这从当时人的言论中可以明显看到。

魏曹丕(187—226年)《典论·论文》论及奏、议、书、论、铭、诔、诗、赋等八种文体,晋陆机(261—303年)《文赋》论及诗、赋、碑、诔、铭、箴、颂、论、奏、说等十种文体,晋挚虞(?—311年)《文章流别论》今人所辑本涉及颂、赋、诗、七、箴、铭、哀辞、哀策、解嘲、碑、图谶十一种,略晚于挚虞的李充《翰林论》今人所辑本涉及五言诗、赋、书、议、赞、表、驳、论、议奏、盟檄、诫诰等体。

以上四种著作非常著名,《文心雕龙》"序志篇"都曾提及。值得指出的是,先秦两汉人所谓"诗"大多就《诗经》而言,"诗"作为一类文字的指称,此种观念魏晋前基本还没产生,虽然后来人可以按照后来的文体观念将其中一些文字称为"诗",如逯钦立先生所编《先秦两汉魏晋南北朝诗》中之"先秦诗"、"汉诗"。由《典论·论文》、

《文赋》、《文章流别论》、《翰林论》等著作来看,在魏晋人观念中,"诗"已开始成为与赋、颂、铭等并列一类的文字,但这四种著作均未提及"乐府"一体。

晋陈寿(233—297年)《三国志》、宋范晔(398—445年)《后汉书》在记述传主著述时,多详列各体著述。《三国志》仅提及诗、赋、铭、诔、论、议、难、杂论等八种文体,《后汉书》则提及诗、赋、六言、七言、颂、铭、歌诗、琴歌、别字、酒令、碑、诔、赞、箴、答、连珠、吊、哀辞、祝文、注、章、表、奏、笺、记、论、议、教、令、策、书、文、檄、谒文、辩疑、诫述、志、说、书记说、官录说、自序、嘲、遗令、杂文等四十多种文体。《后汉书》如《汉书》一样,有"歌诗"一类。从《后汉书》、《三国志》反映的时代而言,自然是前者早于后者,但《后汉书》关于各体文字的区分反较《三国志》细密很多,这只能解释为范晔生活的晋、宋之际,人们对各体文字的区分较三国、西晋时更为自觉,只不过迟至范晔去世前(445年),"乐府"作为一类文字仍未能成为一种普遍性的观念。故今存魏晋文人别集,如曹植、陆机、鲍照等人别集中的"乐府"应出自后来人的区分。

"乐府"作为一种文字与一般的"诗"及"赋"、"颂"、"铭"等文字有别,此种观念的出现要待刘宋时。笔者所见"乐府诗"一词最早出现的文献为刘宋著名文人鲍照(415—470年)《松柏篇》诗所作《序》：

> 余患脚上气四十馀日。知旧先借《傅玄集》,以余病剧,遂见还。开裹,适见乐府诗《龟鹤篇》。于危病中见长逝词,恻然酸怀抱。如此重病,弥时不差,呼吸乏喘,举目悲矣! 火药间阙而拟之。

按,傅玄(217—278年)为西晋著名文人,其所著《傅玄集》至迟在刘宋时已编成,故鲍照得以收藏《傅玄集》。傅玄诗今存百余首,鲍照提及的"乐府诗《龟鹤篇》"今不存。自鲍照《序》来看,刘宋时诗歌分类中已有"乐府诗"一类,鲍照所见《傅玄集》可能即有"乐府"一类。

沈约(441—513年)所编《宋书》中也多见"乐府"一词。沈约之前,何承天、徐爰等先后从事刘宋国史的修撰。南齐永明五年(487年)春,沈约受命修撰《宋书》,在何承天、徐爰等旧作基础上,历时一年完成纪传七十卷,以后又陆续编成八志三十卷,故《宋书》的主体完成于永明六年(488年)。与本文话题相关的几条材料皆出于纪传

部分,如《宋书》卷五十一《鲍照传》:

> 鲍照,字明远,文辞赡逸,尝为古乐府,文甚遒丽。元嘉中,河济俱清,当时以为美瑞,照为《河清颂》,其序甚工。

《宋书》卷一百《自序》实际是沈约为沈氏一门所作传记,其中述及祖父沈林子云:

> (沈)林子简泰廉靖,不交接世务,义让之美,著于闺门,虽在戎旅,语不及军事。所著诗、赋、赞、三言、箴、祭文、乐府、表、笺、书记、白事、启事、论、老子,一百二十一首。太祖后读林子集,叹息曰:"此人作公,应继王太保。"

由以上所引出自《宋书》看,至沈约撰写《宋书》时,"乐府"作为与"诗"、"赋"、"赞"、"三言"、"箴"等相区别的一类文字,已成为时人一种普遍观念。此后,这种观念显然有更进一步自觉。

南齐著名文人任昉(460—508年)所著《文章缘起》录各体文字凡八十五种:

> 诗三言　诗四言　诗五言　诗六言　诗七言　诗九言　赋　歌　离骚　诏　策文　玺文　表　让表　上书　书　对贤良策　上疏　启　奏　笺　谢恩　令　奏　驳　论　议　反文　弹文　荐　教　封事　白事　移书　铭　箴　封禅书　赞　颂　序　引　志录　记　碑　碣　诰　誓　露布　檄　明文　乐府　对问　传　上章　解嘲　训　辞　旨　劝进　喻难　诫　吊文　告　传赞　谒文　祈文　祝文　行状　哀策　哀颂　墓志　诔　悲文　祭文　哀词　挽词　七发　离合诗　连珠　篇　歌诗　遗命　图　势约

如果按现代学术的眼光来看,《文章缘起》对各类文字的区分自不免过于驳杂、琐碎,但《文章缘起》既然将"乐府"作为一类文字专列,足见彼时之风气。

反映齐梁时期文学观念的著作中，最为人瞩目的自然是刘勰（约 465—520 年）《文心雕龙》及梁太子萧统（501—531 年）主编的《文选》。

刘勰编撰《文心雕龙》目的是"言为文之用心"，实际主要是指示各类文字写作的准则，故书中详列刘勰心目中各类重要文体，其中专篇论述的包括：

  骚 诗 乐府 赋 颂 赞 祝 盟 铭 箴 碑 诔 哀辞 吊文 对文 七 连珠 谐词 隐言 史传 子书 论 说 诏 策 檄移 封禅文 章 表 奏 启 议 对策 书记 笺记

《文心雕龙》对各类文字的论述，显然有很明确的"文"、"笔"之分的观念："隐言"以上皆属"文"类，计十八种；"隐言"以下皆属"笔"类，计十七种。两类共计三十五种。

此外，《文心雕龙》还在《祝盟》、《杂文》、《诏策》、《章表》、《书记》等篇提及以下四十六种文字：

  辞 序 纪 传 典 诰 誓 问 览 略 篇 曲 操 弄 引歌 吟 讽 谣 咏 命 制 敕 谱 籍 簿 录 方 术 占 式律 令 法 制 符 契 券 疏 关 刺 解 牒 状 列 辞谚

这样《文心雕龙》提及的文类共计八十一种。自《文心雕龙》论述先后看，"乐府"一类居"经"、"纬"、"骚"、"诗"诸篇之后，"赋"、"颂"、"赞"之前；自论述篇幅看，"乐府"与"经"、"纬"、"骚"、"诗"、"赋"一样都是专篇讨论，而"赋"以下各体都是一篇之中讨论两种文类，甚至更多。由此来看，刘勰把"乐府"视为一种非常重要的文类是毫无疑问的。

《文心雕龙》成书约二十年后，梁太子萧统开始主持《文选》的编纂。《文选》收录的文类共计三十七种：

赋　诗　骚　七　诏　册　令　教　文　表　上书　启　弹事　笺
奏记　书　檄　对问　设论　辞　序　颂　赞　符命　史论　史述赞
论　连珠　箴　铭　诔　哀　碑文　墓志　行状　吊文　祭文

值得指出的是，《文选》中"诗"这一大类下包括很多小类：补亡、述德、劝励、献诗、公宴、祖饯、咏史、游仙、招隐、反招隐、游览、咏怀、哀伤、赠答、行旅、军旅、军戎、郊庙、乐府、挽歌、杂歌、杂诗、杂拟，共计二十三类。这些小类显然是以题材划分的，而"郊庙"、"挽歌"、"杂歌"所收作品在郭茂倩《乐府诗集》中也被归为"乐府"。"哀伤"类所收曹植《七哀诗》一首（五言十八句）、王粲《七哀诗》二首（分别为五言十八句、二十二句）、张载《七哀诗》二首（皆五言二十二句），《乐府诗集》收录曹植《七哀诗》（题作《怨诗行》），王粲、张载《七哀诗》未录。"乐府"类收陆机《猛虎行》、《君子行》等十八首，鲍照《东武吟》、《出自蓟北门行》等八首。"杂诗"类收曹丕杂诗三首、曹植杂诗六首等，《乐府诗集》皆不录。"杂拟"类收陆机《拟行行重行行》、《拟今日良宴会》等拟古诗十二首，刘铄《拟行行重行行》、《拟明月何皎皎》二首，鲍照《代君子有所思》，袁淑《效曹子建乐府白马篇》等。由此来看，《文选》所谓"乐府"与后世相差较大，凡诗题有"代"或"拟"、"效"字者皆不视为"乐府"。

《文心雕龙》中"乐府"与"诗"并列，而《文选》中"乐府"仅成为"诗"这一大类中的小类，但无论如何，梁时已有"乐府"观念，这一点无可置疑。此后的诸多文献，如《玉台新咏》、《颜氏家训》等，也可进一步佐证。至唐，李善等注《文选》每引证"古乐府"云云，中唐白居易、元稹发起的"新乐府"运动显然以"（旧）乐府"为参照背景，唐人文集中专列"乐府"一类者陆续不绝，至宋则有郭茂倩《乐府诗集》的编成，遂使"乐府诗"成为卓然可见的存在。

三、古人何以把"乐府（诗）"视为一类

如前所述，至迟到鲍照生活的刘宋时，人们已开始把"乐府（诗）"视为一类文字。"乐府（诗）"是"诗"这一大类下的小类（如《文选》），还是与"诗"并举的大类（如《文心雕龙》），人们的意见可能还未统一（至今亦然）。但无论如何，"乐府（诗）"作为一名

词术语已出现。我们可以探讨的是这一术语出现的原因何在。

为郭茂倩《乐府诗集》所收的汉魏六朝"乐府诗"从入乐的角度看,实际可分为两类:一为应歌之作,即作者的确以入乐为目的而写作的诗;二是不以入乐为目的而写作的诗。

前类诗作,虽本为应歌之作,但魏晋以来,"诗"在人们观念中也逐渐像"赋"一样真正独立成为一种文字,故一旦歌辞写作完成后,本作为歌辞的"诗"自然会受到瞩目。汉代以来,文人的应歌之作(汉人称"歌诗")实际包括两类:一类是主要用于朝廷郊祀的"雅乐",一类是与"俗乐"相应的采集自各地的民间歌诗。前一类乃司马相如等文人奉敕撰写,今仍存于《汉书·礼乐志》,后一类多亡佚。魏晋以后,历代王朝雅乐歌辞一般也是由当世著名文人奉敕撰作,晋之傅玄、宋之谢庄、梁之沈约、周之庾信、唐之张说等皆是,但推进文人歌辞写作的主要是"俗乐",而非"雅乐"。

魏晋以来,喜好俗乐郑声为社会之风尚。《乐府诗集》卷六十一论"杂曲歌辞"说到东晋以后的时风云:

> 自晋迁江左,下逮隋唐,德泽寖微,风化不竞,去圣逾远,繁音日滋。艳曲兴于南朝,胡音生于北俗,哀淫靡漫之辞,迭作并起,以至陵夷。原其所由,盖不能制雅乐以相变,大抵多溺于郑卫,由是新声炽而雅音废矣。

魏晋以来文人宴会雅集,每用歌妓侑酒,歌妓宴间所唱皆为俗乐,文人即席为流行曲调填配歌辞,丽词艳语旋即出于朱唇皓齿间,自然为风流之事,文人乐此不疲。《三国志·魏书·武帝纪》裴注引《魏书》说曹操:"登高必赋,及造新诗,被之管弦,皆成乐章。"曹丕《又与吴质书》:"每至觞酌流行,丝竹并奏,酒酣耳热,仰而赋诗。"曹植《野田黄雀行》(《宋书》作《箜篌引》)曰:"置酒高殿上,亲友从我游。……阳阿奏奇舞,京洛出名讴。"刘桢《赠五官中郎将四首》其一:"赋诗连篇章,极夜不知归。君侯多壮思,文雅纵横飞。"《文心雕龙·时序》:"傲雅觞豆之前,雍容衽席之上,洒笔以成酣歌,和墨以藉谈笑。"此类文献甚多,皆可佐证。

文人早初之所以瞩目于诗,完全因歌场需要,游戏风尘,但一旦这些应歌之作被视为一类同样可以表现其才情的文字——"诗"时,其意义也就绝不仅限于应歌之用,而是有独立的文学价值。这样我们也可以说,自文人为歌宴填写歌辞之日起,文人便同时对"诗"这一类文字本身发生兴趣,其写作这类文字也就不必限于应歌之用,而是可以借此抒写怀抱、展示才情。如今存魏武帝曹操诗自《宋书》等文献看,曹诗多曾入乐,曹诗多皆用乐府旧题,如《短歌行》、《秋胡行》、《步出夏门行》等,但皆用以寄托自家情怀。此点历来论家都已论及,如萧涤非《汉魏六朝乐府诗史》论及"魏乐府"云:

> 汉乐府皆题、义相合,如"词"之初起者然:《杨柳枝》便咏杨柳,《竹枝》便咏竹,《渔父》便咏渔翁。至魏则不然。一面以缺乏识乐之人,不得不借用旧曲,一面又以意志内在之要求,复不欲为旧题所囿,于是借题寓意,"著腔子唱好诗",故乐府之题与义,多判不相谋,如《薤露》本汉丧歌,曹操乃以之咏怀实事,《陌上桑》本汉艳曲,而曹操又以之侈言神仙,是皆离开原题而自作新诗者也。

对文人而言,由于他们更多从"文"的立场而不是从"乐"的立场出发,借"文"以见才情、抱负,故从文人写作歌辞的一开始,他们就不自觉地使"歌诗"日渐摆脱"歌"或"乐"的束缚,使得"歌诗"日渐变为一种可供案头独立鉴赏的文字——"诗"。而魏晋以来,这类与音乐密切相关的"歌诗"也的确是一大宗,似有专门称呼的必要,"乐府"在这种名义下使用似很自然。

以上讨论的是应歌之作,接下来我们可进一步讨论不以入乐为目的而写作的诗。

"诗"作为一类文字,相比"赋"而言,更易为文人利用,成为其表现情怀抱负的文字,所谓"诗言志"。而当"诗"继"赋"之后成为士大夫才情修养标志的文字,文人乐于染指于"诗",则未必总是真正有感而发,以文会友,逢场作戏,游戏文字,也是经常事。而既然是写诗,一般是需要有题目(无题诗或笼统地咏怀、咏古毕竟为少数),以前代或当代的曲调为题,也可以说是一种自然的选择。

通行本谢朓(464—499年)《谢宣城集》在《同沈右率诸公赋鼓吹曲先后为次》题下(《诗纪》本、万里本无"先后为次"四字)录沈约等所作五首诗,分别为沈约《芳树》、范云《当对酒》、谢朓《临高台》、王融《巫山高》、刘绘《有所思》；《同前再赋》题下六首，分别为谢朓《芳树》、王融《芳树》、沈约《临高台》、王融《有所思》、刘绘《巫山高》、范云《巫山高》；《同赋杂曲名》题下收檀约《阳春曲》、江㒰《渌水曲》、陶功曹《采菱曲》、谢朓《秋竹曲》、朱孝廉《白雪曲》。按，《芳树》、《当对酒》、《巫山高》皆为汉鼓吹曲曲名，谢朓、沈约等之所以有上述诗作，显然出于文人宴集时"以文会友"，故随意以鼓吹曲曲名命题作文，完全为"文学"之事，本与音乐无关。《乐府诗集》将上述作品收入仅仅是因为它们使用所谓"乐府旧题"。

又如梁武帝萧衍(464—549年)曾作《江南弄》七曲，简文帝萧纲作《江南弄》三首（分别为《江南曲》、《龙笛曲》、《采莲曲》）和《采莲曲》二首，元帝萧绎作《采莲曲》一首，沈约作《江南弄》四首（《赵瑟》、《秦筝》、《阳春》、《朝云》），柳恽有《江南曲》、《江南可采莲》，刘缓、刘孝威、朱超、沈君攸、吴均分别作有《江南可采莲》。《古今乐录》曰："梁天监十一年冬，武帝改西曲，制《江南上云乐》十四曲，《江南弄》七曲：一曰《江南弄》，二曰《龙笛曲》，三曰《采莲曲》，四曰《凤笛曲》，五曰《采菱曲》，六曰《游女曲》，七曰《朝云曲》。又沈约作四曲：一曰《赵瑟曲》，二曰《秦筝曲》，三曰《阳春曲》，四曰《朝云曲》，亦谓之《江南弄》云。"从各方面情形看，萧纲、萧绎、沈约、刘缓、刘孝威等之所以纷纷撰写名目不尽相同的《江南曲》，实际都为应和梁武帝之作，梁武帝父子及其文臣们找到"江南"（风物）这样一个话题聊且玩弄风雅。因此梁武帝父子及诸朝臣围绕《江南弄》的唱和也完全为"文学"之事。至于后来唐人宋之问、刘希夷、李益、李贺、李商隐等写作《江南曲》，更完全为文学之事。

六朝文人以所谓"乐府旧题"写诗的风尚，至唐仍然延续，唐王翰、李白、张祜、白居易、元稹、李贺、李益、王建、王涯、温庭筠等均留下许多此类诗作。

以曲名为诗题，高明者仍能借旧题抒写自家怀抱，一般则往往为题所宥，难出新意，但无论如何，以曲调名为诗题也成为一种传统。从题材或诗题的角度来说，与其他诗歌相比似可自成一类，故以曲调名为诗题的诗后来逐渐被有些人称为"乐府诗"，虽然其本身实无关歌唱或音乐之事。

以上两种情况，似可解释"乐府诗"作为一种诗歌分类产生有其客观缘由。但郭茂倩《乐府诗集》所收的所谓"乐府诗"有很多又不属上述任何一种情况，这又可分为以下两种情况分说：

一是中唐元稹、白居易等倡导的所谓"即事名篇"的"新乐府"。元、白等人正是认识到乐府旧题的局限,故而提倡直接根据所赋之事而命名。元和十二年(817年),元稹撰《乐府古题序》云:

> 沿袭古题,唱和重复,于文或有短长,于义咸为赘剩,尚不如寓意古题,刺美见事,犹有诗人引古以讽之义焉。曹、刘、沈、鲍之徒时得如此,亦复稀少。近代唯诗人杜甫《悲陈陶》、《哀江头》、《兵车》、《丽人》等,凡所歌行,率皆即事名篇,无复依旁。予少时与友人乐天、李公垂辈谓是为当,遂不复拟赋古题。

这种"即事名篇"的诗题方法就其实质而言与一般文人诗的诗题命名其实是一样的,所以这类诗作就其写作本身来说,可谓完全与"乐"无关,元、白等人仍将此类诗称为"乐府",是他们自认为继承了《诗经》讽咏时事的光荣传统,也希望如《诗经》一样被乐官采集、传布到当权者那里,故命为"新(题)乐府",以与传统的旧题乐府相区别。而郭茂倩编辑《乐府诗集》时竟将此类也收入,与其他"乐府诗"并列。元稹在《乐府古题序》中提到的杜甫《悲陈陶》、《哀江头》、《兵车行》、《丽人行》等,杜甫本人可能并不像元、白一样也视为"新乐府",但也得以与"新乐府"一样被编入《乐府诗集》。

二是作者本意既非传统的旧题乐府,也非元、白等倡导的"新乐府",只是因为曾入乐歌唱而被《乐府诗集》编为"乐府诗"。如白居易在苏州任刺史时,曾因苏州东城的桂树作诗三首,其《序》云:

> 苏之东城,古吴都城也,今为之樵牧场。有桂一株生乎城下,惜其不得地,因赋三绝句以唁之。

其中一首为:

> 遥知天上桂华孤,试问常娥更要无。月官幸有闲田地,何不中央种两株。

按，上引绝句被《乐府诗集》编入且改题为《桂华曲》，其他两首未录。郭茂倩之所以改题为《桂华曲》，是因为白居易有《醉后听唱桂华曲》诗云："桂华词意苦丁宁，唱到常娥醉便醒。此是世间肠断曲，莫教不得意人听。"据此，白居易《东城桂》绝句曾披诸乐（三首都入唱，还是其中某一首入唱，则难于断定，故郭茂倩径直将绝句"遥知天上桂华孤"改题编入似乏实据）。

又如王维著名的绝句《送元二使安西》，《乐府诗集》收入时改题为《渭城曲》，并云：

《渭城》一曰《阳关》，王维之所作也。本《送人使安西诗》，后遂被于歌。

这也就是说，王维作《送元二使安西》诗时，本无关音乐之事，是乐人们乐于唱其辞，故而流行。这正如唐薛用弱《集异记》所载旗亭画壁故事所反映的风俗一样，王维、王昌龄、高适、王之涣等文人所作名篇佳作，往往为乐人选唱作歌辞，文人大多因此沾沾自喜。当然也有文人未必喜欢如此，如元稹赠白居易的诗就有："休遣玲珑唱我诗，我诗多是别君词。"

再如王维所作五律《春日上方即事》、《从岐王过杨氏别业应教》、《观猎》等或曾分别被乐人截取四句分别以《长命女》（后四句）、《昆仑子》（前四句）、《戎浑》（前四句）曲调歌唱，故郭茂倩在《乐府诗集》中将其作为"乐府诗"在"近代曲辞"部分分别题为《长命女》、《昆仑子》、《戎浑》收录。

《乐府诗集》"近代曲辞"所载《水调》、《凉州》、《大和》、《伊州》、《陆州》等五大套曲，组成大曲的各段歌辞大都是五、七言绝句，但在同一大曲中，其前后各段辞的内容往往全无关联。王维五律《终南山》后两联、李商隐五律《清夜怨》后两联即曾分别被截取作为大曲《陆州》第一段和第四段歌辞。

由此可见，郭茂倩《乐府诗集》实际上是以既成事实为逻辑的前提，即以是否入乐区分"乐府诗"与"非乐府诗"，有入乐之史实者即为"乐府诗"（虽然他也常将不曾入乐者归为"乐府诗"）。如唐代著名伶人刘采春能以《望夫歌》调选唱"当代才子所作"的一百二十首诗，其中有五言，也有六言和七言诗，如按《乐府诗集》的惯例，这一百二十首诗均可以改题为《望夫歌》，成为"乐府诗"。

从理论上说,所有文字皆可入唱①,但是否曾入唱或者入唱之事被载录,都有极大的偶然性,我们不能因为某些诗曾有幸入唱,而推论这些诗是特别的一类——"乐府诗"。如果不是以"文(体)"为标准,而是以"乐"为标准,笼统地使用"乐府诗","乐府诗"很容易变成无所不包的大杂烩。郭茂倩《乐府诗集》所收的"乐府诗"事实上已如此:从诗体来说有古体、近体,古体中又有齐言、杂言,从"乐"的性质而言有庙堂雅乐,有民间流行俗乐,有与丝竹相合的"歌",还有随意吟诵的"谣"(如《乐府诗集》所收汉晋"童谣")。

"乐府诗"作为一个沿用已久的名词术语,在具体语境下也有其方便处,今人论及汉唐诗作也不得不借用这一术语,如今日整理汉唐文献时(主要是别集一类),旧本本有"乐府诗"一类的划分,如果为了保存版本原貌,我们也不得不从旧。但在一般情况下,窃以为应尽可能避免含混笼统、不加辨析地使用,特别不宜在现代学术背景下把"乐府诗"作为一类诗体的专称。

---

① 毛泽东语录虽是不韵之文,但也曾成为歌曲风行一时,我们又怎能说有韵的唐诗不能入唱?所以从入唱的角度而言,我们只能说有些文字更方便于入唱,而有些文字不便于入唱(比如散文)。从现存史料看,相关唐人五、七言绝句入唱的材料最多,此并非偶然。

◎第七讲　唐诗格律及中国韵文之演进

从入乐的角度来说，所有文字皆可入唱称为歌辞，无论韵文还是非韵文，无论是齐言韵文还是杂言韵文。这也就是说，从理论上说，中国文学史涉及的先秦以来各类韵文皆可以看作是"歌辞"。

如果从歌辞的角度说，中国古代歌辞（或中国诗歌）可以分为杂言、齐言两类。先秦时期基本为杂言，自西汉以来因为有意经营文字的文人阶层的自觉参与，开始出现齐言，有三言、四言、五言、六言、七言、九言等，自西汉经过魏晋南北朝七八百年不断积累和进步，终于在唐武后时代出现了成熟的近体诗（"律诗"）。而杂言诗（歌辞）的写作，因为律诗的影响，也迅速走向格律化，最终在晚唐以后陆续出现格律化的长短句——"律词"。

"律诗"、"律词"的出现，特别是前者，标志着中国韵文文体高度规范的确立，对中国韵文有非常重要的意义。为了说明唐人"律诗"对中国韵文以及歌唱的特殊意义，我们不得不先从其格律说起。

一、律诗之格律

学术界有关诗词格律的论著，无一不是将韵文之"句"从句首字说起，也就是从首字往下（后）数数，去判断、梳理句式。如此律句的句式及其结构，繁杂至几不可数计。如对"七字（律）句"而言（有所谓"平平起"、"仄平起"等），多达二十四种样式。这似乎说明在学者们的观念中，"句"系直接由"字"构成，这是"不言而喻"的事。

按洛地先生在《词体构成》等文著对韵文之句的分析，则是自文句的最末的（一个）韵字为根基，从根基往前推演。

这里牵涉到一个最根本也是最基础的问题：韵文、韵句是怎样构成的？在洛先生看来，韵文结构，首要在其韵句。韵句之用韵，必在句末字，即谓"韵脚"。因韵而构成韵句 —— 以韵（脚）为基础构成的句为韵句。这说明：韵句无论何种句式，并不是从其首字往下（后）延伸，而是以（句末）韵脚（字）为基点而向上（前）累积构建为韵句。无论何类何种韵文中任何韵句（包括非韵句），无不如此。

如《诗经》中的《陈风·衡门》：

岂其食鱼（,）必河之鲂？岂其取妻（,）必齐之姜？｜
岂其食鱼（,）必河之鲤？岂其取妻（,）必宋之子？‖

在韵字，是因"子"，其前乃用"鲤"；是因"姜"，其前乃用"鲂"。而不是相反。

在韵句，是因"子"——"宋之子"，乃有"岂其取妻必宋之子"；因"姜"——"齐之姜"，乃有"岂其取妻必齐之姜"。

对律诗，洛先生曾用一段俚语趣谈释说韵句的由句脚向上（前）累积构建。据说曾有人在五言《四喜》诗的每一句前添加一个"二字步"成七言：

（三年←）久旱←逢甘←雨；（千里←）他乡←遇故←知。｜
（和尚←）洞房←花烛←夜；（穷衰←）金榜←题名←时。‖

理解律诗、律词的格律，理解律句是关键。何谓"律句"？如果我们按洛地先生的思路，律句实际以最末一字为根基、以"二字"步为结构单位，由"步"组成"句"，步步相对（两字步的前一字平仄不定，后一字必平仄相反，故俗有"一三五不论，二四六分明"）。

如前所举《四喜》诗，其每句平仄可标示为（仄声字标●，平声字标○，可平可仄标⊙）：

三 年←久 旱←逢 甘←雨

⊙ ○←⊙ ●←⊙ ○←●

千 里←他 乡←遇 故←知
⊙ ●←⊙ ○←⊙ ●←○

和 尚←洞 房←花 烛←夜
⊙ ●←⊙ ○←⊙ ○←●

穷 衰←金 榜←题 名←时
⊙ ○←⊙ ●←⊙ ○←○

故《四喜》诗每句皆为律句。又如五代时南唐后主李煜【虞美人】词，其每句平仄可标示为：

春 花←秋 月←何 时←了，往 事←知 多←少。
⊙ ○←⊙ ●←⊙ ○←●，⊙ ●←⊙ ○←●。

小 楼←昨 夜←又 东←风，故 国←不 堪←回 首←月 明←中。
⊙ ○←⊙ ●←⊙ ○←○，⊙ ●←⊙ ○←⊙ ●←⊙ ○←○。

雕 栏←玉 砌←应 犹←在，只 是←朱 颜←改。
⊙ ○←⊙ ●←⊙ ○←●，⊙ ●←⊙ ○←●。

问 君←能 有←几 多←愁，恰 似←一 江←春 水←向 东←流。
⊙ ○←⊙ ●←⊙ ○←○，⊙ ●←⊙ ○←⊙ ●←⊙ ○←○。

故李煜【虞美人】词每句皆为律句。律诗皆为奇言句型（五言或七言），故其律句皆以最末一字为一步，其前皆为二字步，而律词、律曲有奇言句型，也有偶言句型，其偶言句型恰以最末两字为一步，以二字为步，向前向上构建。如元马致远【越调·天净沙】《秋思》曲：

枯 藤←老 树←昏 鸦，小 桥←流 水←人 家，古 道←西 风←瘦 马。
⊙ ○←⊙ ●←⊙ ○，⊙ ○←⊙ ●←⊙ ○，⊙ ●←⊙ ○←⊙ ●。

夕 阳←西 下，断 肠←人 在←天 涯。
⊙ ○←⊙ ●，⊙ ○←⊙ ●←⊙ ○。

律诗、律词的"律句",相比此前一般的诗句,当然是极大的进步。因为律句不论其长短,其字与字之间的组合都不是任意的,而是有联系的(前后字步平仄必相对),从其结构而言乃以二字步为结构单位(奇言末字为一单位),故五言句为三个单位、六言句亦为三个单位、七言句为四个结构单位、九言句为五个结构单位,而此前五言句乃由五字(即五个单位)、七言即由七字组成,字与字间并无必然联系(意义的联系暂不考虑)。

律诗则不仅仅是律句之间各字有密切关系,而且律句与律句之间也有关系。是何种关系呢？以下我们以杜甫《蜀相》为例说明：

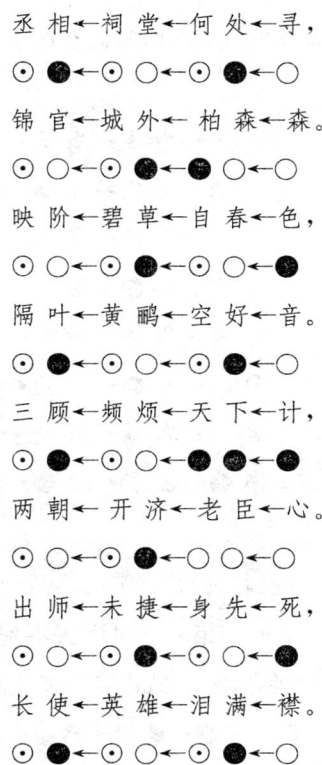

杜甫《蜀相》是在各方面均可称典范的律诗。我们可以注意到,其律句皆步步平仄相对;同时,两律句组成一联(全诗共四联),联内步步平仄相对,而联与联之间是

步步平仄相粘(如"锦官城外柏森森"与"映阶碧草自春色"、"隔叶黄鹂空好音"与"三顾频烦天下计"在第二、四、六字步位上平仄皆相同)。自用韵来看,押平声韵(寻、森、音、心、襟皆为《平水韵》侵韵),一联上句末字为仄声字,下句末字为平声字(七言首联因一般入韵,故为平声,五言一般仍为仄声)。

以上即为律诗之基本格律。当然除此之外,又有所谓避免"三仄脚"、"三平脚"。所谓"三仄脚"即律句出现●●←●。如《蜀相》中"三顾频烦天下计"一句,如果此处第五字"天"字不是平声而是仄声,即属"三仄脚"。所谓"三平脚"即律句出现○○←○。如《蜀相》中"锦官城外柏森森"、"两朝开济老臣心"这两句平仄句型为一类,其第五字(柏、老)如果为平声字,即出现"三平脚"。

此外,又有所谓忌"犯孤平"。如贺知章《回乡偶书》:

少 小←离 家←老 大←回,
⊙ ●←⊙ ○←⊙ ●←○

乡 音←无 改←鬓 毛←衰。
⊙ ○←⊙ ●←● ○←○

儿 童←相 见←不 相←识,
⊙ ○←⊙ ●←⊙ ○←●

笑 问←客 从←何 处←来。
⊙ ●←⊙ ○←⊙ ●←○

按《回乡偶书》中"少小离家老大回"、"笑问客从何处来",平仄句型相同,均为:⊙ ●←⊙ ○←⊙ ●←○。此七言第一字可平仄不拘,第三、第五字从理论上说也可平仄不拘,但如果第三字实际为仄声(如"笑问客从何处来"的"客"字),第五字如果也为仄声字,则全句平仄即为:⊙●←●○←●●←○。这样,如果不计最后一字以及第一字,全句仅第四字为平声字,这个平声字可谓极孤单了,故谓"孤平"。从唐律诗写作看,"三仄脚"、"三平脚"现象较常见,但"犯孤平"例极少,如有孤平则必救。即如果"客"字字位上为仄声字,"何"字字位必为平声字,以救孤平。如以平仄标示即为:

(⊙●←)▲○←△●←○

律诗忌"三仄脚"、"三平脚"及"犯孤平",说明通俗所谓"一三五不论,二四六分明"中,七言句的第五字、五言句的第三字(七言句实际是在五言句基础上再向前增一字步)一般可平仄不拘,但有时则不是"不论",而是有平仄要求的。

孤平必救,属于拗救中最主要的一种,此外又有其他类型的拗救。王力先生《诗词格律》中救孤平算 A 类拗救,他又论及 B、C 两类拗救。

B 类拗救即该用"仄仄平平仄"的句子,第四字用仄(或三四字都用仄),就在对句的第三字改用平声补偿。如白居易《赋得古原草送别》"野火烧不尽,春风吹又生","不"字仄声拗,对句"吹"平声救。又如李白《宿五松山下荀媪家》中"我宿五松下,寂寥无所欢"中,"五"、"寂"都是该用平而用了仄,故平声字"无"既救第二句第一字,也救第一句第三字。这是对句拗救。

C 类拗救即该用"仄仄平平仄"的句子,第四字没有用仄,只是第三字用了仄,这是半拗,可救可不救。杜甫《天末怀李白》中"鸿雁几时到,江湖秋水多"中,"几"为仄声拗,对句"秋"平声救。

按,王力先生所谓 C 类拗救中,不论有拗的句子还是救拗的句子皆为律句,B 类拗救中,所谓句型实非律句(如"野火烧不尽"),唐人若杜甫、白居易等是否有对句拗救的观念,实有待考实,故笔者论拗暂不及 B、C 两类。

总结以上所述,律诗格律实可概括为"对"、"粘"二字:句内步步平仄相对,联内步步平仄相对,联间步步平仄相粘。律诗依赖平仄二声的相对原则构成律句与对联,又以平仄二声的相粘原则衔接各联,以至无穷延伸下去(所谓"排律")。

二、中国韵文演进的四个阶段

唐律诗以"字"组成"字步",以"字步"组成"律句",以"律句"组成"联",又以"联"组成"篇",可谓高度规范的一类文体。如果以律诗为标尺,我们进而可梳理唐前中国韵文文体演进的历史轨迹。在笔者看来,唐前中国韵文的历史发展可分为四个阶段:

一是先秦时期。在这一阶段各类韵文基本为杂言,有些韵文作品开始有明显的整饬化趋势,使用整齐的四字句及四字句的变体(如楚辞)。从"句"与"句"的组合看,有以两句为组的倾向(如"昔我往矣,杨柳依依;今我来思,雨雪霏霏"等),从各章的组合看,主要是依赖韵字或特定的虚字(如兮、乎、哉等)的重复使用达到呼应、联系前后的目的,此外主要是重章叠句方法的使用。鉴于先秦韵文的文体特征问题我们前面已有具体分析,此仅概括性言之,不再展开。

二是西汉至梁"永明体"出现之前(前 206—483 年)。在这一阶段,杂言韵文仍然很有市场,但齐言韵文则成为主流性的、最为文人阶层青睐的样式。自类别来看,有四言、五言、三言、六言、九言等五种,以下我们详述五言、七言,其他各体皆略附于后。

关于五言诗起源问题,说者纷纷,迄无定论。以笔者所见,目前文献所见最早五言诗似为《汉书·外戚传》所载:

> 吕后为皇太后,乃令永巷囚戚夫人,髡钳,衣赭衣,令舂。戚夫人舂且歌曰云:"子为王,母为虏。终日舂薄暮,常与死为伍。相离三千里,当谁使告女。"太后闻之,大怒,召赵王杀之。遂断夫人手足,去眼薰耳,饮喑,使居鞠域中,名曰人彘。

按此为惠帝元年(前 194 年)事。此歌虽前有两个三言句,但从总体来看以五言为体的意识极为鲜明。又《汉书》所载李延年歌,也与此相似:"李延年性知音。善歌舞。武帝爱之。延年侍上。起舞。歌曰云:北方有佳人,绝世而独立。一顾倾人城,再顾倾人国。宁不知倾城与倾国,佳人难再得。上叹息曰:世岂有此人乎。平阳主因言延年有女弟。上召见之。实妙丽善舞。由是得幸。"罗根泽先生以为李延年歌为杂言,主要因"宁不知倾城与倾国"一句。窃以为此歌总体以五言为体的意识极为鲜明,"宁不知"三字不妨视为衬字。按,李延年为汉武帝时最著名的歌唱家,任协律都尉为公元前 120 年。其歌既为五言之体,则当时五言之歌应绝不止此一首。《汉书·贡禹传》载贡禹上书元帝,引武帝时俗语:"何以孝弟为?财多而光荣。何以礼义为?史书而仕宦。何以谨慎为?勇猛而临官。"《汉书·酷吏传》说成帝时尹赏为长安令,大肆杀戮游侠,长安百姓歌曰:"安所求子死,桓东少年场。生时谅不谨,枯骨后何葬。"

西汉时五言歌谣虽已有之,但文人阶层有意五言诗的写作则较晚。刘勰《文心雕龙》"暨建安之初,五言腾踊"。五言诗亦因文人的有意参与,其文体日趋成熟。钟嵘《诗品》:"五言居文词之要,是众作之有滋味者。"以下我们以具体诗篇为例说明。首先是《文选》以"古诗"为名收入的十九首古诗,通称《古诗十九首》,其一为:

青青陵上柏,磊磊涧中石。
人生天地间,忽如远行客。
斗酒相娱乐,聊厚不为薄。
驱车策驽马,游戏宛与洛。
洛中何郁郁,冠带自相索。
长衢罗夹巷,王侯多第宅。
两宫遥相望,双阙百馀尺。
极宴娱心意,戚戚何所迫。

又如:

今日良宴会,欢乐难具陈。
弹筝奋逸响,新声妙入神。
令德唱高言,识曲听其真。
齐心同所愿,含意俱未伸。
人生寄一世,奄忽若飙尘。
何不策高足,先据要路津。
无为守贫贱,轗轲长苦辛。

从诗歌文体结构看:一、前诗通篇押铎韵,后诗为真韵,无一出韵,非常严格;二、在押韵规则上为隔句用韵,与戚夫人《春歌》的句句用韵相比为进步,使两句基本成为一结构单位;三、两句的紧密关系除依赖韵字外,主要是词义的对仗手法,如

"青青陵上柏"对"磊磊涧中石","弹筝奋逸响"对"新声妙入神"。从诗意来说,有浓厚的文人趣味,人生感慨的表现大多质朴自然,直抒胸臆,故历来评价极高。《文心雕龙》称为"五言之冠冕",钟嵘《诗品》说其"天衣无缝,一字千金"。明王世贞《渔洋诗话》云:"微词婉旨,碎足并驾,是千古五言之祖。"明胡应麟《诗薮》:"兴象玲珑,意致深婉,真可以泣鬼神,动天地。"但据实来说,《古诗十九首》仍属文人诗的早期阶段,其很多诗篇明显为应歌之作,故整篇诗的意义往往存在不统一甚至矛盾的地方,我们对此似不必避讳。

唐孙绘《竹林七贤图》(残卷)(自左至右分别为阮籍、刘伶、王戎、山涛)

相比之下,魏晋文人诗的个人化色彩更加浓厚。建安时代有"三曹"(曹操、曹丕、曹植)、"七子"(王粲、刘桢、孔融、陈琳、徐干、陆瑀、应玚),正始时代有阮籍、嵇康,两晋有陆机、潘岳、陶渊明等。我们可以阮籍(210—263年)《咏怀诗》八十二首之一为代表说明:

夜中不能寐,起坐弹鸣琴。
薄帷鉴明月,清风吹我衿。
孤鸿号外野,朔鸟鸣北林。
徘徊将何见?忧思独伤心。

《文选》李善引颜延之为《咏怀诗》作注文说:"嗣宗身仕乱朝,常恐罹谤遇祸,因兹发咏,故每有忧生之嗟。虽志在刺讥,而文多隐蔽,百代之下,难以情测",刘勰《文心雕龙·明诗》称"阮旨遥深",钟嵘《诗品》置阮籍于上品,并云:"厥旨渊放,归趣难求",等等,都指出《咏怀诗》深有寄托。从文体学角度看,我们可以注意到,阮籍此诗与后来的律诗已非常相似:全篇八句四联,押平声韵,每联出句末字为仄声字,对句末字为平声字。第二、三两联皆对仗谨严。所不同者,每句并非律句,句与句、联与联并无内在的格律关联。从阮籍《咏怀诗》其他诗作看,也有通篇押仄声,出句末字为仄、对句末字为平并非普遍现象。这就是说,五言诗在文体上虽日渐成熟、规范,但仍有待进一步发展。

七言诗的起源问题与五言诗一样,众说纷纭。以笔者所见,文献中最早且可靠者为《艺文类聚》所引《东方朔别传》所载《柏梁诗》。云"孝武元封三年,作柏梁台。诏群臣二千石有能为七言者,乃得上坐",其中有:

日月星辰和四时。(帝)　　骖驾驷马从梁来。(梁王)
郡国士马羽林材。(大司马)总领天下诚难治。(丞相)
……

汉武帝时《郊祀歌》十九章中有通篇为杂言,但也有连续使用七字句者,如《天地》:

天地并况,惟予有慕。爱熙紫坛,思求厥路。恭承禋祀,缊豫为纷。黼绣周张,承神至尊。千童罗舞成八佾,合好交欢虞泰一。九歌毕奏斐然殊,鸣琴竽瑟会轩朱。……

由此可见,七字句在当时亦有相当市场,故两汉时许多镜铭、谣谚等多七字句者。镜铭如:"汉有善铜出丹阳,和已银锡清且明,左龙右虎主三旁。乐未央。"又如:"三羊作镜大毋伤,令人富贵乐未央。"童谣如《风俗通义》所载建安时童谣"八九年间始欲衰,至十三年无孑遗"等。自镜铭、谣谚来看,七言似较五言更流行。而文人七言诗的写作兴趣似不及五言,今所见最早七言诗为曹丕《燕歌行》:

秋风萧瑟天气凉,草木摇落露为霜。
群燕辞旧鹄南翔,念君客游多思肠。
慊慊思归恋故乡,君何淹留寄他方?

贱妾茕茕守空房,忧来思君不能忘。
不觉泪下沾衣裳,援琴鸣弦发清商。
明月皎皎照我床,星汉西流夜未央。
牵牛织女遥相望,尔独何辜限河梁?

此诗可称闺妇诗,曹丕以王侯之尊代闺妇言愁,似颇不可思议,故此诗可能为应歌之作(自"援琴鸣弦发清商"一句来看似写于歌宴)。自韵文文体来看,通篇一韵,且句句用韵(而同时期的五言诗一般隔句用韵)。本诗也有两句成对的倾向,唯不及同时一般五言诗显著。

整个魏晋南北朝时期,曹丕之外,七言诗写作最值得一提的自属宋鲍照。鲍照《拟行路难》十八首多为杂言,但其中多用七字句,如其中一首为:

君不见蕣华不终朝,须臾淹冉零落销。
盛年妖艳浮华辈,不久亦当诣冢头。
一去无还期,千秋万岁无音词。
孤魂茕茕空陇间,独魄徘徊绕坟基。
但闻风声野鸟吟,岂忆平生盛年时。
为此令人多悲悒,君当纵意自熙怡。

上诗主体为七言。全篇皆用七言者仅一篇:

今年阳初花满林,明年冬末雪盈岑。
推移代谢纷交转,我君边戍独稽沉。
执袂分别已三载,迩来寂淹无分音。
朝悲惨惨遂成滴,暮思绕绕最伤心。
膏沐芳余久不御,蓬首乱鬓不设簪。
徒飞轻埃舞空帷,粉筐黛器靡复遗。
自生留世苦不幸,心中惕惕恒怀悲。

对比曹丕《燕歌行》，自文体来看，《拟行路难》最大的进步在隔句用韵，两句成对的倾向更为明显。但其中间换韵较同时五言诗明显为落后。自立意来看，曹丕《燕歌行》基本上是逢场作戏、游戏文字，而鲍照的《拟行路难》与当时的许多五言诗一样，已成为抒发其个人怀抱的工具，这自然也是很大的进步。

四言之所以为文人瞩目，自四言本身来看，四言句极易形成整饬之美，故赋、颂、赞、铭、箴、碑、诔等文字多用四言及其变体；自外因来看，由于《诗经》在中国文化中的经典地位，对《诗经》四字句的有意模仿也便极其自然。故以四言为正体的观念曾长期流行。晋挚虞（？—311年）《文章流别论》云："雅音之韵，四言为正，其余虽备曲折之体，而非音之正也。"梁刘勰（约465—520年）《文心雕龙》"章句"云"诗颂大体，以四言为正"，《明诗》篇云："若夫四言正体，则雅润为本。"至唐李白论诗犹云："寄兴深微，五言不如四言。"至少两晋时四言仍尊于五言等其他各体，凡郑重场合一般用四言。更由于《诗经》"雅"、"颂"作为周人的雅乐，在后来各朝雅乐制作中始终是效仿的对象和标本，故历朝雅乐歌辞多用四言，至明清犹然。

三字句，先秦文献中即已有之。如《道德经》有："塞其兑，闭其门，挫其锐，解其纷，和其光，同其尘，是谓玄同"，又有"圣人之治，虚其心，实其腹；弱其志，强其体"等。战国时纵横家文章每喜连用三字句增强气势。诗全篇三言者，最早且可靠的文献为《汉书·乐志》所载汉郊祀歌辞。如可能出于司马相如等文人之手的《练时日》：

> 练时日，侯有望。爇膋萧，延四方。九重开，灵之斿。垂惠恩，鸿祐休。
> 灵之车，结玄云。驾飞龙，羽旄纷。灵之下，若风马。左仓龙，右白虎。
> 灵之来，神哉沛。先以雨，般裔裔。灵之至，庆阴阴。相放㸌，震澹心。
> 灵已坐，五音饬。虞至旦，承灵亿。牲茧栗，粢盛香。尊桂酒，宾八乡。
> 灵安留，吟青黄。遍观此，眺瑶堂。众嫭并，绰奇丽。颜如荼，兆逐靡。
> 被华文，厕雾縠。曳阿锡，佩珠玉。侠嘉夜，茝兰芳。澹容与，献嘉觞。

这首《练时日》自文体来看，非常有规则：全诗皆为三言，隔句用韵，四句一换韵。这种整齐一律，唯同时的四言诗可以比拟。因后世各朝郊祀乐多模仿汉，故后来各朝郊祀歌辞多有用三言者，且与五行观念相结合。如《宋书·乐志》曰："迎神歌诗，依汉郊祀,三言,四句一转韵。"《南齐书·乐志》曰:"明堂祠五帝。汉郊祀歌皆四言,宋孝武使谢庄造辞,庄依五行数,木数用三,火数用七,土数用五,金数用九,水数用六。案《鸿范》五行,一曰水,二曰火,三曰木,四曰金,五曰土。《月令》木数八,火数七,金数九,水数六。蔡邕云:'东方有木三土五,故数八;南方有火二土五,故数七;西方有金四土五,故数九;北方有水一土五,故数六。'又纳音数,一言得土,三言得火,五言得水,七言得金,九言得木。若依《鸿范》木数用三,则应水一火二金四也。若依《月令》金九水六,则应木八火七也。当以《鸿范》一二之数,言不成文,故有取舍,而使两义并违,未详以数立文为何依据也。"五行与王朝命运息息相关,郊祀歌辞既然为五行之反映,故所用文字不能不整齐一律。

三言歌谣在民间也偶或有之。如《汉书》载广川王刘去(?—前71年)淫暴,被劾举治罪,因置酒为诸姬作歌曰:

> 背尊章,嫖以忽。谋屈奇,起自绝。行周流,自生患。谅非望,今谁怨。

又为幸姬陶望卿作歌曰:

> 愁莫愁,居无聊。心重结,意不舒。内茀郁,忧哀积。上不见天,生何益。日崔颓,时不再。愿弃躯,死无悔。

魏晋六朝文人也偶有作三言者。如鲍照有《春日行》:

> 献岁发,吾将行。春山茂,春日明。园中鸟,多嘉声。梅始发,柳始青。泛舟舻,齐棹惊。奏《采菱》,歌《鹿鸣》。风微起,波微生。弦亦发,酒亦倾。入莲池,折桂枝。芳袖动,芬叶披。两相思,雨不知。

鲍照为刘宋王朝所撰雅乐歌辞甚多,《春日行》诗似模仿《练时日》一类的郊祀歌辞,所不同者,不再严守四句转韵。

六字句最早可靠者为汉郊祀歌辞《歌黑帝》:

岁既晏日方驰,灵乘坎德司规,玄云合晦鸟归,白云繁亘天涯。
雷在地时未光,饬国典闭关梁,四节遍万物殿,福九域祚八乡。
晨暑促夕漏延,太阴极微阳宣,鹊将巢冰已解,气濡水风动泉。

自文体来看,句句韵,四句一换韵,非常齐整。从词义而言,每六言分为两个三言似也无不可(今通行中华书局本《宋书》、《乐府诗集》即如此断句),但按时人观念,六对应五行中的水数,故实际不应断为三言。魏晋以来各朝郊祀歌辞凡祭祀黑帝,皆以六言歌辞。六字句在民间似极少。今所见者有东方朔一流人物逢场作戏的文字,如:

合尊促席相娱(《文选》卷四左思《蜀都赋》李善注引)
计策弃捐不收(《文选》卷二十一左思《咏史八首》李善引)

汉末著名文人孔融有六言诗三首,皆句句用韵,如其中一首为:

汉家中叶道微,董卓作乱乘衰,僭上虐下专威,万官惶布莫违,百姓惨惨心悲。

按,上诗仅五句,疑非全篇。其另外两首分别四句、六句。此后曹植、嵇康、谢朓、庾信等文人偶有六言诗,如庾信有《怨歌行》:

家住金陵县前,嫁得长安少年。回顾望乡泪落,不知何处天边。胡尘几日应尽,汉月何时更圆。为君能歌此曲,不觉心随断弦。

与前孔融诗相比,变句句用韵为隔句用韵(首句也入韵),这可以视为一种进步。

九言诗出现似甚晚。挚虞《文章流别论》说:"诗之流也,有三言、四言、五言、六言、七言、九言,古诗率以四言为体。"按,挚虞所谓九言诗乃指《诗·大雅》"泂酌"篇中的"泂酌彼行潦挹彼注兹",而"泂酌"全篇当然非九言。任昉《文章缘起》说:"九言诗魏高贵乡公所作。"曹髦（241—260年）所作九言诗今不存。萧统《文选序》曰："自炎汉中叶，厥途渐异。退傅有在邹之作，降将著河梁之篇，四言、五言区以别矣。又少则三字，多则九言，各体互兴，分镳并驱。"今所见九言诗甚少，今最早似为宋谢庄所撰郊祀歌辞《歌白帝》：

> 百川如镜天地爽且明，云冲气举德盛在素精。
> 木叶初下洞庭始扬波，夜光彻地翻霜照悬河。
> 庶类收成岁功行欲宁，浃地奉渥罄宇承秋灵。

从文体来说，谢诗三章，两句一章，每句九言，句句韵，换章换韵。

其后谢朓也有九言诗三章，章二句，句九言，体式上明显模仿谢庄。

中国韵文演进的第三个阶段即自"永明体"至"沈宋体"（483—707年），在这一阶段中国文人在诗体格律方面多方探索，唐武后时律诗格律最终完成。

一般认为，自汉末佛教传入中国，在佛经翻译过程中，中土人士开始发现和认识到汉字四声。陈寅恪《四声三问》认为四声的发现与佛经的转读有关，北齐太子舍人李概《音韵决疑序》中说："平上去入，出行闾里，沈约取以和声之，律吕相和。"钟嵘《诗品》："蜂腰、鹤膝，闾里已具。"《南齐书·陆厥传》："永明末，盛为文章。吴兴沈约、陈郡谢朓、琅邪王融以气类相推毂。汝南周颙善识声韵。约等文皆用宫商，以平上去入为四声，以此制韵，不可增减，世呼为'永明体'。"唐封演《封氏闻见记》云："周颙好为韵语，因此切字皆有纽，皆有平上去入之异。永明中，沈约文辞精拔，盛解音律，遂撰《四声谱》。时王融刘绘范云之徒，慕而扇之，由是远近文学，转相祖述，而声韵之道大行。"

由此来看，"永明体"在时人眼中颇具影响，而沈约（441—513年）作为齐梁时公推的文坛领袖，对此也颇为自得。其所撰《宋书·谢灵运传论》说："夫五色相宣，八音协畅，由乎玄黄律吕，各适物宜。欲使宫羽相变，低昂舛节，若前有浮声，则后须切响。一简之内，音韵尽殊；两句之中，轻重悉异。妙达此旨，始可言文。至于先士茂制，讽高历赏，子建函京之作，仲宣灞岸之篇，子荆零雨之章，正长朔风之句，并直举胸情，非傍诗史，正以音律调韵，取高前式。自灵均以来，多历年代，虽文体稍精，而此秘未睹。至于高言妙句,音韵天成,皆暗与理合,匪由思至。张、蔡、曹、王,曾无先觉,潘、陆、颜、谢,去之弥远。世之知音者,有以得之,此言非谬。如曰不然,请待来哲。"

从沈约的话来看,他们这些永明体诗人似乎已发现了惊天之"秘",但永明体诗人所发现的秘密究竟是什么?学术界至今尚未能破解。以下我们以沈约《悼亡诗》、谢朓(464—499年)《入朝曲》为例试加探索。

悼亡诗　沈约

去秋三五月,今秋还照梁。
今春兰蕙草,来春复吐芳。
悲哉人道异,一谢永销亡。
帘屏既毁撤,帷席更施张。
游尘掩虚座,孤帐覆空床。
万事无不尽,徒令存者伤。

入朝曲　谢朓

江南佳丽地,金陵帝王州。
逶迤带绿水,迢递起朱楼。
飞甍夹驰道,垂杨荫御沟。
凝笳翼高盖,叠鼓送华辀。
献纳云台表,功名良可收。

自文体结构来看,两诗皆通篇押平声韵,两句成联,在词义上大多对仗,上句末字皆为仄声(包括上、去、入三声)。如此规律性地使用平、仄二声,前所未有,可谓极大进步! 唐律诗("沈宋体")完全以平仄的相对、相粘成篇。与后来的律诗相比,"永明体"尚未能解决由"字"成"句"、由"句"成"联"、由"联"成"篇"问题。沈约所谓"两句之中,轻重悉异"似可解释为出句末字为仄、对句末字为平(仄"重"平"轻"),"一简之内,音韵尽殊"似指一五言句各字而言,但五字"音韵尽殊"似未能做到。

庾信(513—581年)可谓南北朝文学集大成性质的文学家,在诗歌艺术方面颇为用心,杜甫《戏为六绝句》:"庾信文章老更成,凌云健笔意纵横。"其所作短诗颇近后来的绝句。如其《寄徐陵诗》:

> 故人倘思我,及此平生时。莫待山阳路,空闻吹笛悲。

又如《寄王琳诗》:

> 玉关道路远,金陵信使疏。独下千行泪,开君万里书。

从文体来看,两诗通篇押平声韵,两句成联,上句末字皆为仄,对句末字为平。这一特点与沈约、谢朓完全相同,可见庾信显然是有意识地继承了"永明体"诗人的探索成果,但仍未能真正实现全篇的格律化。

中国韵文发展的第四阶段是唐律诗即"沈宋体"出现以后。元稹(779—831年)《唐检校工部员外郎杜君墓志铭》中云:"唐兴,学官大振,历世之文,能者互出,而又沈、宋之流,研练精切,稳顺声势,谓之为律诗。"北宋宋祁《新唐书·宋之问传》中云:"汉建安后迄江左,诗律屡变,至沈约、庾信以音韵相婉附,属对精密,及之问、沈佺期又加靡丽,回忌声病,约句准篇,如锦绣成文,学者宗之,号为沈、宋。"宋之问(约650至656—712至713年间)、沈佺期(约656—约714或715年)二人都是颇受武后宠幸的台阁诗人,赵昌平等学者认为他们七言律诗的完成在中宗景龙年间(707—709年)。笔者认为其时间上线或可再提前几年。

"沈宋体"一般仅就五言诗、七言诗而言,实际上此后四言、六言、九言各体也迅速格律化,杂言也不久即格律化,即为律词。律词的格律化后文再详细论说,现在先简单看一下"沈宋体"之后的四言诗、六言诗及九言诗。

四言诗,如郊祀歌辞《寿和》:

> 八音/斯奏,三献/毕陈。
> ○○ ○● ●● ○○

宝祚/惟永,晖光/日新。
⊙○ ⊙● ⊙○ ⊙○

按,此诗"光"本应为仄而实际为平,除此之外全诗完全以平仄二声的"对"、"粘"结构成篇。六言如王维有《田园乐》七首之一:

采菱/渡头/风急,策杖/林西/日斜。
杏树/坛边/渔父,桃花/源里/人家。
⊙● ⊙○ ⊙● ⊙○ ⊙● ⊙○

王维《田园乐》七首都如上诗一样皆为标准的六言绝句。九言诗唐宋人未有作者,元天目山僧人明本有《九字梅花》诗:

昨夜西风吹折中林梢,渡口小艇滚入沙滩坳。
野树古梅独卧寒屋角,疏影横斜暗上书窗敲。
半枯半活几个擎蓓蕾,欲开未开数点含香苞。
纵使画工奇妙也缩手,我爱清香故把新诗嘲。

从格律来看,基本上算是严整的九言律诗,与六朝人谢庄、谢朓之作迥然不同。由此也可见唐律诗或"沈宋体"对其他各体的意义。

◎第八讲　律词之格律

唐律诗或"沈宋体"的出现，标志着中国韵文文体的高度成熟和规范，其对此后中国各类文字都有非常重要的意义，这种意义质言之，即推动其文体的格律化。这种格律化不但表现在齐言诗（五言、七言、四言、六言、九言），也表现在杂言诗。而杂言的格律化，即长短句的格律化，宜称之为"律词"，以便与非格律化的杂言诗相区分。本讲主要内容即是对律词格律的介绍。

今人关于词体格律的认识，一般就是某某词牌多少字、多少句、每句平仄以及何处用韵等等。这种说法至少始自康熙时的《钦定词谱》、万树《词律》。词谱列出的各种"正体"、"又一体"都是以具体的词家词作为准绳的，具体作品间稍有差异即为"又一体"，以致如《酒泉子》多达"二十二'体'"，几乎一作一"体"。《河传》有 11 句到 15 句、53 字到 61 字的"二十七'体'"，《洞仙歌》竟有 13 句到 29 句、82 字到 126 字的"四十'体'"等等。这样，今所知词调有一千余，而体式则是两三千"体"，简直令人头晕目眩！

也有人试图对上千词调进行归类，如明人顾从敬《类编草堂诗馀》将众词调按字数分为三类：58 字以下称"小令"；59 字至 90 字称"中调"；91 字以上的称"长调"。自此说提出，从者甚众。但是，近千词调不管其中有无差异，"一律平等"地，从 14 字的【竹枝】到 240 字的【莺啼序】"但按字数"排列，这似乎有点像将学生不分院系专业、不论年级高低、不管年龄大小，一律按个子高矮或按姓氏笔画多少排列，当然是欠妥当的。

传统对词律的认识和总结实质上是以具体词作为准绳的，具体作品间稍有差异即为"又一体"，可谓是"现象性思维"，而律诗之所谓"格律"并非因具体诗作差异而改变，这是一种规律性的、结构性的思维。我们本来也可以采取结构性思维去认识词律。

一、律词之"律句"

如前所述,律诗每句皆为步步平仄相对的律句,其对长短句形式的律词的意义也主要是长短不齐的诗句皆变为步步平仄相对的律句。以下我们以秦观(1049—1100年)【踏莎行】(郴州旅舍)为例说明。

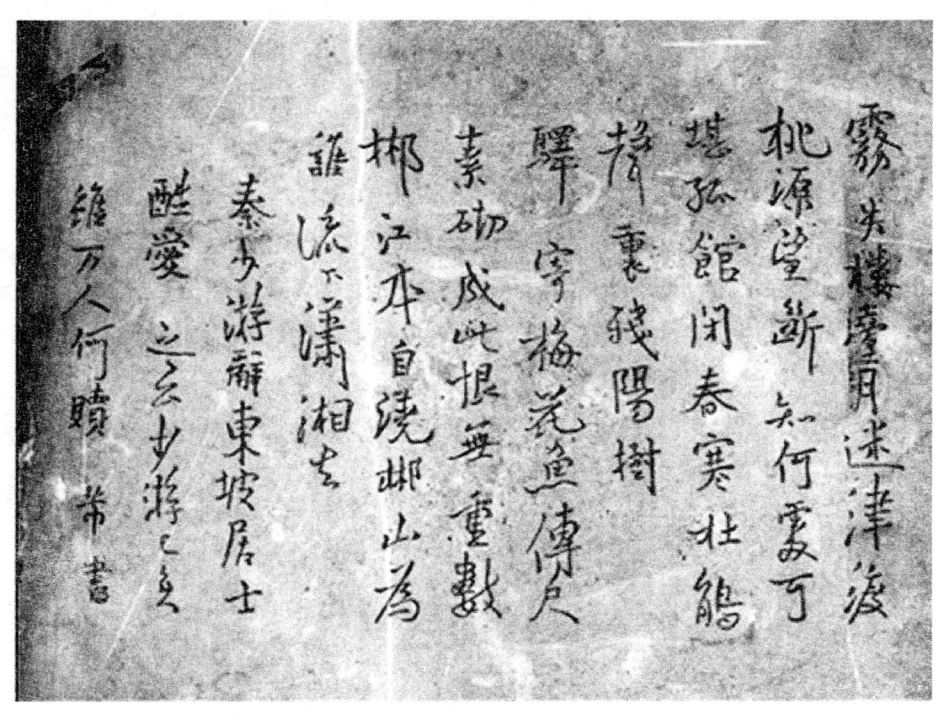

郴州苏仙岭白鹿洞石壁三绝碑(秦观【踏莎行】(郴州旅舍),苏轼跋,米芾书)

雾失←楼台,月迷←津渡,桃源←望断←无寻←处。
⊙●←⊙○ ⊙○←⊙● ⊙○←⊙●←⊙○←⊙●
可堪←孤馆←闭春←寒,杜鹃←声里←斜阳←暮。
⊙○←⊙●←⊙○←○ ⊙○←⊙●←⊙○←●
驿寄←梅花,鱼传←尺素,砌成←此恨←无重←数。
⊙●←⊙○ ⊙○←⊙● ⊙○←⊙●←⊙○←●

郴江←幸自←绕郴←山，为谁←流下←潇湘←去。
⊙○←⊙●←⊙○←○　⊙○←⊙●←⊙○←●

由上可见，秦观【踏莎行】每句皆为规整的律句。由于律词大多由长短不齐的律句组成，故律句与律句之间较少有律诗诗句之间的"粘"、"对"关系，但其律句与律句也是有组合关系的。律诗的律句两两组合而成"联"，律诗实际上是以"联"为结构单位组成两联的绝句、四联的律诗或更多联的排律（排律标题中常见"十韵"即十"联"、"二十韵"即二十"联"）。律词也有与律诗的联相当的结构单位——"韵断"。律词的"韵断"一般是如律诗一样由一出句、一对句组成（如"可堪孤馆闭春寒"、"杜鹃声里斜阳暮"两句即相当于一联），也有的"韵断"是由三个律句（如"雾失楼台"、"月迷津渡"、"桃源望断无寻处"三句为一韵断）组成，少数"韵断"由一个律句或三个以上律句组成。秦观【踏莎行】实际由两个韵断重复而成，可标为：A＋B＋A＋B。

律词之律句或为奇言（一言、三言、五言、七言、九言），或为偶言（二言、四言、六言、八言、十言），但这里所谓"言"并不等同于"字数"，因为与律诗的律句不同，律词的律句可以是"一字领"句。

"一字领"句是我国韵文到了律词成熟之后才成为一种稳定的句式结构。"一字领"系其后"本句"句式之"句前附加"，即"一字领"不入句式。如有：

对—潇潇←暮雨←洒江←天（柳永【八声甘州】）
●—⊙○←⊙●←⊙○←○

三分春色二分愁，更——分←风雨（叶清臣【贺圣朝】）
●—⊙○←⊙●

以上"对潇潇暮雨洒江天"、"更一分风雨"两句皆为一字领带七言、四言，而非八言、五言（若视为八言、五言，则两句皆非律句了）。"一字领"句的领字多为古代概念中之"虚字"，如：

更、正、喜、却、幸、甚、共、惹、莫、故、再、想、与、指、把、到、过、在、有、奈、早、且、是、暗、只、叹、听、见、已、忍、尽、又、对、看、乍、怎、算、倩、便、付、但、偶、自、向、似、任、几、独、待、爱、念、况、望、度、竟、问、恨、怕、写、试、误、记、被、遍、为、半、渐、浑、料、总、数、定绝大多数用仄声（去声尤多），偶有平声字。

二、律词之"韵断"

如前所述，律词的"韵断"，相当于律诗的"联"，故其实际上是"句"与"章"、"篇"之间存在的一个结构单位。认识律词的结构、对近千词调进行分类，关键在"韵断"。

洛地先生在其《词调三类："令"、"破"、"慢"》等文著中提出将词体分为"令"、"破"、"慢"三类，正是以"韵断"这一结构单位作为词调区分的标准：

四韵断（两章各两韵断）者，为"令"；

六韵断（两章各三韵断）者，为"破"；

八韵断（两章各四韵断）者，为"慢"。

"令"调，如被称为律词鼻祖（传说由李白所作）的二词调之一【菩萨蛮】：

平林漠漠烟如织[1]。｜寒山一带伤心碧[1]。｜ ——上片首韵断，仄韵。
暝色入高楼[2]。｜ 有人楼上愁[2]。∥ ——上片末韵断，平韵。
玉阶空伫立[3]。｜ 宿鸟归飞急[3]。｜ ——下片首韵断，仄韵。
何处是归程[4]。｜ 长亭连短亭[4]。‖ ——下片末韵断，平韵。

之二【忆秦娥】：

箫声咽。｜ 秦娥梦断秦楼月。｜＝秦楼月。｜ ——上片首韵断，奇言。
　　　　　年年柳色，　　灞陵伤别。∥ ——上片末韵断，偶言。
乐游原上清秋节。｜ 咸阳古道音尘绝。｜＝音尘绝。｜ ——下片首韵断，奇言。
　　　　　西风残照，　　汉家陵阙。‖ ——下片末韵断，偶言。

上引二词调的"韵断"结构是很明显而且很明确的。【菩萨蛮】以换韵为"韵断"：上片二换韵为二韵断，下片二换韵为二韵断，全篇二章四换韵为四韵断。【忆秦娥】以句型变易为"韵断"：上下片皆以奇言（三言、七言）为首韵断，偶言（四言）为末韵断，全篇二章句型四递换为四韵断。是为"令"调。

"慢"调，如岳飞（调寄）【满江红】：

怒发冲冠,凭阑处潇潇雨歇。
抬望眼仰天长啸,壮怀激烈。
三十功名尘与土,八千里路云和月。
莫—等闲白了少年头,空悲切。//
靖康耻,犹未雪,臣子恨,何时灭。
驾长车踏破,贺兰山缺。
壮志饥餐胡虏肉,笑谈渴饮匈奴血。
待—从头收拾旧山河,朝天阙。‖

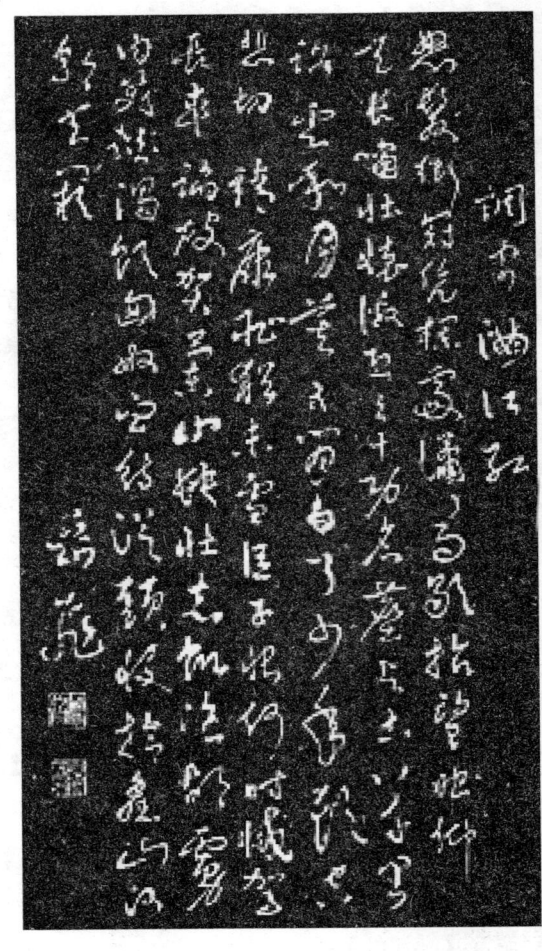

岳飞手书【满江红】词碑

【满江红】两章各四韵断,为较规范的慢词。判断其是否为"慢",不是以字数多少或调名中是否有"慢"字为依据,只要是两章各四韵断即为"慢",否则就不是。有字数多的如133字的【大酺】、【破阵乐】、【浪淘沙慢】等。一般地说,"慢"的篇幅是较大的。如宋人写得最多的七个"慢"调:【水龙吟】(约316首)、【满庭芳】(约348首)、【沁园春】(约430首)、【贺新郎】(约444首)、【满江红】(约557首)、【念奴娇】(约620首)、【水调歌头】(约727首),都是字数较多的。也有字数少的如【谢池春】,刘因之作,64字,陆游之作,66字,除去二"一字领",亦64字(据韵断住,依律分句):

刘｜我本渔樵,不是白驹空谷。｜对西山,悠然自足。｜
陆｜贺监湖边,初系放翁归棹。｜小园林,时时醉倒。｜
刘｜北窗疏竹。｜　南窗丛菊。｜爱村居,数间茅屋。∥
陆｜春眠惊起,　听啼莺催晓。｜叹功名,误人堪笑。∥
刘｜风烟草屦,满意一川平绿。｜问前溪,今朝酒熟。｜
陆｜朱桥翠径,不许京尘飞到。｜挂朝衣,东归欠早。｜
刘｜幽禽歌曲。｜　清泉琴筑。｜欲归来,故人留宿。∥
陆｜连宵风雨,　卷残红如扫。｜恨樽前,送春人老。∥

又如65字的【辊绣球】(赵长卿):

流水奏鸣琴,　风月净,天无星斗。｜
翠岚堆里苍岩深处(,)满林霜腻暗香冻了那禁频嗅。∥
马上再三回首。｜因记省,去年时候。｜
十分全似那人风韵(,)柔腰弄影冰腮退粉做成清瘦。∥

67字的【青玉案】(苏轼):

三年枕上吴中路。｜　遣黄耳随君去。｜
若到松江呼小渡。｜莫惊鸥鹭,四桥尽是,老子经行处。∥——单句不成韵断。

辋川图上看春暮。¦常记高人右丞句。¦

作个归期天已许。¦春衫犹是，小蛮针线，曾湿西湖雨。‖——单句不成韵断。

【谢池春】的结构，两章各四韵断，为八韵断，虽字数较少，但为"慢"体。而【锟绣球】、【青玉案】等，两章各二韵断，为四韵断，虽字数比"慢"调【谢池春】还多，结构上则为"令"调。

"破"调，如苏轼【江城子】（乙卯正月二十日夜记梦）：

十年生死两茫茫，不思量，自难忘。
千里孤坟无处话凄凉。
纵使相逢应不识，尘满面，鬓如霜。//
夜来幽梦忽还乡，小轩窗，正梳妆。
相顾无言惟有泪千行。
料得年年肠断处，明月夜，短松岗。‖

【江城子】两章各三韵断，非常规范。其他如【蓦山溪】、【江城梅花引】、【风入松】、【御街行】、【满路花】、【垂丝钓近】、【早梅芳近】（又名【早梅芳慢】）等，都是很规范的两章各三韵断"六韵断"的"破"。

"破"，乃介于"令"与"慢"之间的词调，其规整程度逊于"令"、"慢"，亦事所使然。其间或有因名家名作而被后人循作之因素；然从律词文体演化角度考虑，未始不可视为是"令"趋向"慢"演化过程中，在尚未完成为"慢"时留存下来的词调。

以上对词调"分类"的判断依据，完全是着眼于其结构——"韵断"，"韵断"组成"篇章"，完全排除了以词调字数多寡分类的方法，也完全排除了以词调调名判断调类的做法，即排除了现象思维的做法。

三、"律句"、"韵断"的意义与局限

以上，我们主要依据洛地先生提出的"律句"、"韵断"解析词律。窃以为"律句"、

"韵断"的提出,其意义首先在于如此理解律词,才更易于从整体结构上理解词律,而不是提到某调牌格律首先想到的是该牌共多少字、多少句,每句平仄、押韵。这对理解篇幅一般较长的且两章各四韵断的慢词尤其有意义。如果我们在引用时,按其"韵断"表示,其结构往往一目了然。如南宋词人姜夔有自度曲【暗香】,按《全宋词》句读如下:

旧时月色。算几番照我,梅边吹笛。唤起玉人,不管清寒与攀摘。何逊而今渐老,都忘却、春风词笔。但怪得、竹外疏花,香冷入瑶席。江国。正寂寂。叹寄与路遥,夜雪初积。翠尊易泣。红萼无言耿相忆。长记曾携手处,千树压、西湖寒碧。又片片、吹尽也,几时见得。

如按照以上句读读词,似很难把握其全篇结构,这对理解其词意当然也有影响。按,姜夔【暗香】词多一字领句,如"算几番照我梅边吹笛"、"都忘却春风词笔"、"但怪得竹外疏花"等皆是,如果分别句读为"算几番照我,梅边吹笛"、"都忘却、春风词笔"、"但怪得、竹外疏花"自然显得凌乱、破碎。同时,如按"韵断"标注,其整体结构则极显豁:

旧时月色,算—几番照我梅边吹笛。
唤起玉人,不管清寒与攀摘。
何逊而今渐老,都—忘却春风词笔。
但—怪得竹外疏花,香冷入瑶席。
江国。正寂寂,叹—寄与路遥夜雪初积。
翠尊易泣,红萼无言耿相忆。
长记曾携手处,千树压西湖寒碧。
又—片片吹尽也,几时见得。

由此来看,【暗香】形式上为非常齐整之慢词,诚为两宋词之佳构。

姜夔自度曲【暗香】及旁谱

在强调"律句"、"韵断"两个概念对理解律词有非常重要意义的同时，我们也不能不指出，"律句"、"韵断"终归是现代人对词体的一种"理论"认识，以这种"理论"去认识律词，特别是其本身已实现格律化的"令"词、"慢"词，亦可谓势如破竹。但如果是去认识一些本身未完全实现格律化的调牌，则不免英雄无用武之地。因为有许多唐宋词人，他们在填词时大都是（满足于）模仿现成词作或前辈名家之作，他们本身并没有对"律句"、"韵断"的自觉认识。而近千词调中，有相当多的调牌，至南宋末也没有实现文体的规范、稳定。这也就是说，我们今日认识两宋词作，一方面应有"格律"的眼光（"律句"、"韵断"），同时也应有"历史"的眼光，看到历史的复杂多样，避免以整齐的规律或逻辑替代多样的历史。

◎第九讲 南北曲的宫调与曲牌

讨论南北曲的格律似不应回避"宫调"、"曲牌",然而讨论起来又非常之纠葛。照一般的结论,"宫调"、"曲牌"都是音乐结构单位。所谓"宫调",用现今的音乐术语说,就是:调高、调式。每一宫调都是调高、调性的综合关系,"每个曲牌都按其调性、调式的特征分别列入相应的宫调里去","每一套数中所有的曲牌都同调高、同调式"。《中国大百科全书》"戏曲"卷说:"每支曲牌唱腔的曲调,都有自己的曲式、调式和调性,以及本曲的情趣。"《辞海》说:"每一曲牌都有一定的曲调、唱法。"论及宫调似不能不涉及乐律学,所谓五音、二变、十二律吕、八十四调[①]等术语,至令人如入迷宫,头晕目眩。

一、宫调是否为音乐性

关于宫调,在古人,最著名的是燕南芝庵《唱论》的宫调"声情论":

仙吕调唱清新绵邈	南吕宫唱感叹伤悲	中吕宫唱高下闪赚
黄钟宫唱富贵缠绵	正宫唱惆怅雄壮	道宫唱飘逸清幽
大石唱风流蕴藉	小石唱旖旎妩媚	高平唱條物滉漾
般涉唱拾掇坑堑	歇指唱急并虚歇	商角唱悲伤宛转
双调唱健捷激袅	商调唱悽怆怨慕	角调唱呜咽悠扬
宫调唱典雅沉重	越调唱陶写冷笑	

---

① 所谓"五音"为宫、商、角、徵、羽,"二变"为变徵、变宫,"十二律吕"为:黄钟、太簇、姑洗、蕤宾、夷则、无射(以上为阳六律,简称律)、林钟、南吕、应钟、大吕、夹钟、中吕(以上为阴六律,简称吕)。

燕南芝庵的这段宫调"声情论"经《中原音韵》、《太和正音谱》等著作的转述、改造后,在后世产生相当大的影响,直至今日。其真正的情形如何?

我们首先可从《刘知远》、《董西厢》两"诸宫调"看。

(一)两部"诸宫调"所标用的"燕乐俗调名"。

	1=C	1=D	1=E	1=F	1=G	1=A
《刘知远》:	中吕调 商	双调 宫	道调 羽宫	高平调 商 南吕宫 歇指商 仙吕角 商羽	仙吕调	黄钟宫 商 越调 羽宫	般涉调 商 正石 羽宫 大石商
《董西厢》:	中吕调 商	双宫 商	道调 宫 商 小石羽	高平宫 南吕	仙吕调 羽	黄钟羽 宫 黄钟商 越调 羽宫	般涉调 商 正石 羽宫 大石商

除"姑洗B"一均,两部皆及于六均,各十四调。

(二)两部"诸宫调"的"诸'宫调'"的转接即转调连接。为省篇幅,但录此两部作品的开头一卷(在"诸'宫调'"下注其调高)。

1.《刘知远》,如其《第一》:

商调→正宫→仙吕调→仙吕调→南吕宫→般涉调→正宫→歇指调→
 F   → A → F   → F   → E   → A   → A → E   →
商角→商调→
 E → F
正宫→黄钟宫→中吕调→黄钟宫→南吕宫→黄钟宫→仙吕调→
 A → G → C   → G   → E   → G   → F   →
商调→ 般涉调
 F →   A

2.《董西厢》,如其《卷之一》:

仙吕调→般涉调→仙吕调→仙吕调→仙吕调→黄钟调→高平调→
 F   → A   → F   → F   → F   → G   → E   →

仙吕调→商调→
　F　→　F　→
双调→仙吕调→中吕调→大石调→仙吕调→大石调→仙吕调→
　C→　F　→　C　→　A　→　F　→　A　→　F　→
般涉调→大石调→
　A　→　F　→
中吕调→中吕调→仙吕调→仙吕调→仙吕调→小石调→大石调→
　C　→　C　→　F　→　F　→　F　→　D　→　F　→
双调→正宫→
　C　→　A　→
正宫调→般涉调→中吕调→中吕调→越调→大石调→般涉调→商调
　A　→　A　→　C　→　C　→　G→　A　→　A　→　F

（三）从上引可以明白看到：《刘知远·第一》用曲二十二，竟十八次"宫调"连接转调，《董西厢·卷之一》用曲五十二，"宫调"转接达三十四次！诸'宫调'"之转换、连接，如此频繁，唱一段转一个调，唱一段转一个调，这太过于"奇特"了，如果说是一种"音乐体制"，而且是"歌唱体制"，是不可思议的。

（四）更其令人不可思议的是两部"诸宫调"的"诸'宫调'"转接即转调连接。如《刘知远》，其《第一》计：十八次连接，用了五个不同的调高（C、E、F、G、A）。内：同度即同调高连接四次（F-F、A-A、E-E、E-E）；不同调高转接为十四次，为：四五度（"隔八"）转接四次（E-A-E、G-C-G），大二度（间一律）转接两次（A-G、G-F），小三度（间二律）转接两次（G-E-G），大三度（间三律）转接四次（F-A-F），小二度（上下一律）转接两次（F-E、E-F）。十二三世纪的宋金时期的俗乐——"诸宫调"，其"诸'宫调'"的情况：一、如此频繁地连接转调；二、其连接转调中，（以上引为例）近关系仅占28％，远关系却占31％，且还出现不可思议的大三度、小二度连接转调，竟占41％。

又如元曲杂剧"宫调"连接的情况。以"最可靠"的《杂剧三十种》为例——其原刻本并无"宫调"标志，按人们据《中原音韵》等的曲牌归属标记其"宫调"考察——为省篇幅及便文、便目，仅取其首、次两"套"的"宫调"连接关系：

首折	宫调及调高	【仙　吕】——无射 1=F 三十"套"						
次折	"宫调"名	南吕	正宫	越调	黄钟	中吕	双调	商调
	宫位及调高	南吕E	太簇A	黄钟G		中吕C		无射F
	与首折关系	小二度	大三度	大二度		四五度		同度
	数量(套)及比例	十一(40%)	七(24%)	四 五(16%)	一	四 六(20%)	二	一

其连接，同度关系仅三十分之一，近关系转调仅 20%，远关系有 16%，而不可思议的大三度、小二度连接转调，竟占了 64%！顺的最少，不顺的多，不可能的最多。与"诸宫调"何等相似，而且更甚。

《刘知远》《董西厢》中标记的"诸'宫调'"名，袭自"燕乐二十八调"。从音乐的宫调去解释"诸宫调"的"诸'宫调'"，无论是《刘知远》还是《董西厢》，元曲宫调，都是不可思议的。

据洛地先生的调查，现存 162 种元曲杂剧（其中包括六七种明初作品）698 折，但所用的套数（"宫调"）则是极其有限的 14 个，而这 14 个套数中，【仙吕·点绛唇】有 164 套（多用于第一折），【双调·新水令】145 套（多用于第四折），【中吕·粉蝶儿】104 套，【正宫·端正好】93 套，【南吕·一枝花】77 套，【越调·斗鹌鹑】52 套，【商调·集贤宾】26 套。这七种共计 673 套，占全部 698 套的 97.4%。

从实际来看，元剧剧情变化万千，每剧所用四套也各有其用。若 164 套【仙吕·点绛唇】或 104 套【中吕·粉蝶儿】都有大致相近的声情，是很难想象的。如【中吕·粉蝶儿】套多用于第三套，也有用为第二套、第四套的，关汉卿《单刀会》《玉镜台》，孔文卿《东窗事犯》，戴善夫《风光好》等剧皆用之。但若从情感内容看，其声情色彩则可能相去甚远。《单刀会》第三套正末扮关公，自刘邦创业唱至桃园结义，端的是"豪气有三千丈"，慷慨激昂；《玉镜台》第三套正末扮温峤，套曲主要内容是写温峤用计骗取表妹成功后，在洞房中劝告表妹乖乖随顺；《东窗事犯》第二套正末扮呆行者，装呆卖傻，唱道"休笑我垢面疯痴"；《风光好》第二套，正旦扮歌妓秦若兰，秦唱与自己有一夜情的陶谷在堂上相逢之尴尬。在这四种戏剧中，虽所用宫调相同，但人物之情感色彩各异，若以"高下闪赚"概括其声情，实在失之宽泛。

一"宫调"套曲是否是完整不可分割的，也大可怀疑。如汤显祖《邯郸记》第三出

《度世》，用【中吕·粉蝶儿】套，按北曲惯例，套曲前冠两支【仙吕·赏花时】。后世昆班搬演"度世"一出，最终演化为两个相对独立的折子戏，即著名的《扫花》、《三醉》。《扫花》演出时是演唱两支【赏花时】后，再唱【粉蝶儿】、【醉春风】后结束。《三醉》演出时则从【红绣鞋】开始，唱完套曲（抽掉了原作中的【满庭芳】等数曲）。这是一套北曲被分为两段唱的明证。

从现存元曲杂剧本来看，也有一套曲被分为两段唱的情况。承担套曲演唱之任的正末、正旦，也常常可以唱至中途下场，而后重新登场唱完套曲。如关汉卿《窦娥冤》(《元曲选本》)第二折用【南吕·一枝花】套，正旦扮演的窦娥在演唱了【一枝花】、【梁州第七】两曲后下场，而后重新上场唱余后的【隔尾】、【贺新郎】等九支曲。又如无名氏《蓝采和》(《古名家杂剧本》)第二折亦用【南吕·一枝花】套，正末扮蓝采和唱完【一枝花】、【梁州】、【贺新郎】、【斗蛤蟆】等四曲后下场，而后重新上场唱完余后的【哭皇天】等数曲。元曲杂剧套曲的内容主要是模拟剧中一人的口吻（这一人由正旦或正末扮）描绘一种心绪或情境，中间一般无转折。表演时，正旦或正末是立在场上将套曲从头唱到尾，然后下场。正旦或正末再次上场，意味着即将有另一套曲的演唱。但套曲毕竟也要同时承担叙事的功能，所以一套曲的展开中必然会遇到情境或场景的转换，因而产生正末、正旦中途下场的情况，所以《窦娥冤》、《蓝采和》反映的绝非个别现象。

综合上述两点，我们认为，元剧套曲被分为两段或更多段演唱，在实际的舞台演出中是必然存在的，也有其客观需要。同时，元剧北套曲在演唱过程中，曲牌与曲牌之间原则上是可以插入宾白、打断曲唱的。由于元剧的叙事主要由宾白承担，所以剧本有时会插入大段的宾白。

套曲被分段演唱或者可以被宾白打断的事实，说明元剧套曲作为一个完整的"音乐"结构单位是不存在的，说某"宫调"之曲有确定的声情色彩，也是颇为可疑的。被称为"结构谨严"的北套在"音乐"上不成"套"，至于结构相对松散的南（曲）套，在"音乐"上自然更不能成"套"了。

至于"南北合套"，实际上都是以北（曲）为主、以南（曲）为宾，最著名的如洪昇《长生殿》"惊变"出所用的"南北合套"。"惊变"出用【中吕·粉蝶儿】一套北曲，在这套北曲中插用【泣颜回】、【扑灯蛾】两支南曲，具体构成为：(北)【粉蝶儿】→(南)【泣颜回】→（北）【石榴花】→（南）【泣颜回】→（北）【斗鹌鹑】→（南）【扑灯蛾】→（北）【上小楼】→（南）【扑灯蛾】→（南）【尾声】。场上演出时，北曲主要由大官生扮演的唐明皇演唱，南曲主要由闺门旦扮演的杨贵妃演唱，一北一南间用，一刚一柔，前后曲形成鲜明对比。"惊变"出所用的"南北合套"实质上也是靠这种前后对比的原则组合【粉蝶儿】、【泣颜回】等九曲的。前后曲的对比是有的，但从"音乐"的意义上说，却不可能成"套"。

二、宫调与曲牌是否有隶属关系

自元人周德清《中原音韵》、陶宗仪《南村辍耕录》以来，在曲牌与"宫调"关系上，有所谓"宫调限定"——即"宫调"统领曲牌、曲牌从属于"宫调"说。如《中原音韵》谓"十二'宫调'"统领"乐府三百三十五章"：

"黄钟"二十四章；　　"正宫"二十五章；　　"大石调"二十一章；

"小石调"五章；　　　"仙吕"四十二章；　　"中吕"三十二章；

"南吕"二十一章；　　"双调"一百章；　　　"越调"三十五章；

"商调"十六章；　　　"商角调"六章；　　　"般涉调"八章。

如"黄钟"统领【醉花阴】等 24 曲牌，【醉花阴】等 24 曲牌隶属于"黄钟"；即"黄钟"限定用【醉花阴】等 24 曲牌，【醉花阴】等 24 曲牌限定为"黄钟"。今人于是进一步说"每套曲子只限用一种宫调"即"一宫到底"，"套数"是按"宫调"组织起来的"单一宫调的多曲体"，"由一个宫调的若干曲牌联成一套"，每一"套曲，不曾越过一个宫调的范围"——是元曲"最严谨、完整、按一定规律、规则组织起来的结构体制"的最主要的方面（《辞海》、《中国大百科全书·戏曲卷》等）。

然而如对照事实，似不尽然。如【倾杯乐】，在唐代，据南卓《羯鼓录》记录玄宗时【倾杯乐】用俗律调（太簇（之）商即【大石调 A2B】。据被后人誉为"天宝以后最早史料"的宋人王溥所撰《唐会要》，其《卷三十三》记录玄宗时【倾杯乐】用俗调［越调 G2A］——俗律【黄钟 G 均】的商调式，又用俗调【双调 C2D】——俗律【中吕 C 均】的商调式。宋词人柳永【倾杯乐】有九首词作,使用了五个不同的"宫调":用【仙吕宫】一首、用【大石调】二首、用【林钟商】二首、用【黄钟羽】一首、用【歇指调】三首。用现今通用的音乐术语及本文简称表示如下(唐时使用的"宫调"附于其前):

俗律	"宫调"名 [俗调名]	宫音位 即调高	调式	结音在 [俗律]	今音乐术语一般称	本文标	用音范围 A~C2
唐代	[大石调]	太簇 A	商 2	姑洗 B	调高 A 的商 2 调式	A2B	1～2
	[越 调]	黄钟 G	商 2	太簇 A	调高 G 的商 2 调式	G2A	2～4
	[双 调]	中吕 C	商 2	林钟 D	调高 C 的商 2 调式	C2D	6～1
柳永	[仙吕宫]	无射 F	宫 1	无射 F	调高 F 的宫 1 调式	F1	3～5
	[大石调]	太簇 A	商 2	姑洗 B	调高 A 的商 2 调式	A2B	1～2
	[林钟商]	无射 F	商 2	黄钟 G	调高 F 的商 2 调式	F2G	3～5
	[黄钟羽]	黄钟 G	羽 6	南吕 E	调高 G 的羽 6 调式	G6E	2～4
	[歇指调]	南吕 E	商 2	应钟 ♯F	调高 E 的商 2 调式	E2♯F	4～5

同一作者柳永所写的【倾杯乐】九首词作,使用了"F、A、E"三个不同调高,"宫 1、商 2、羽 6"三种不同调式的五个不同的"宫调"。连同唐代使用的,为"A、G、C、F、E"五个不同调高,"宫 1、商 2、羽 6"三种不同调式的七个不同的宫调。

张先有九首【菩萨蛮】,用[中吕宫 C1]者四首、[中吕调 C6A]一首、[般涉调 A6♯F]四首。【新水令】,多结于"上(1)",即"宫调式";《昊天塔·五台》【新水令】结于"四(6)",即为"羽调式";而著名的《单刀会·刀会》中【新水令】则结于"工(3)",即为"角调式"。

这说明,【倾杯乐】、【菩萨蛮】、【新水令】等调牌,出自同一作者笔下的词作,其唱调即所谓"音乐曲调"是可以各各不同的。据洛地先生统计,宋人使用的词调,其数近千,使用"宫调"者为 315 调。其中一词调仅一作者(大多仅一词作)使用一种"宫调"者为 207 调。另 108 个词调中,两名(以上)不同作者对同一词调使用同一"宫调"者 35 调。同一作者或两名以上不同作者对同一词调使用两种以上不同"宫调"者,其数达 68 个。此 68 个词调中,如【倾杯乐】,柳永一人使用五种"宫调",上已说;如【六幺(令)】,柳永、周邦彦、吴文英及文籍记载,也曾使用过五种"宫调";据《碧鸡漫志》,甚至有【凉州】可使用"七'宫调'",【伊州】可使用"七'商调'"。在此之外,又有五词调使用了"犯调"。

据《中原音韵》、《辍耕录》、《元曲选·陶九成论曲》、《唱论》、《元史》等文献看，《全元散曲》、《元刊杂剧三十种》、《元曲选》、《元曲选外编》中之存作，除去各种"尾、煞"等非曲牌，计曲牌 379 数。其中一曲牌前标两"宫调"以上（周德清含糊其辞称之为"出入"）者竟达 144 之数，占 379 曲牌近 40%！其中：一曲牌前标两"宫调"者 97（具体曲牌略）；标三"宫调"者 38；标四"宫调"者 7。

这说明，所谓"宫调限定"——即"宫调"统领曲牌、曲牌从属于"宫调"说，是需要我们重新考虑的。

三、曲牌是否是音乐单位

如果说曲牌是一个音乐单位，每个曲牌都有其特有的"曲式、调式和调性"，可用于套唱内容（可以）不同、但文体格律基本相近的一段文字，可能么？

如【二郎神】，最早见载于唐崔令钦《教坊记》，宋柳永、吕渭老、杨无咎、曹勋、刘克庄、张孝祥、吴文英等皆有【二郎神】词，南戏、传奇中使用【二郎神】者有：《琵琶记·廊会》（连用两支）、《连环计·赐环》、《浣纱记·分纱》、《浣纱记·别施》（连用两支）、《玉簪记·茶叙》、《紫钗记·钗圆》（连用两支）、《邯郸梦·生寤》、《金不换·侍酒》、《西楼记·玩笺》、《金雀记·庵会》、《满床笏·纳妾》、《长生殿·密誓》（连用两支）等。

唐宋时【二郎神】"曲式、调式和调性"如何，因文献阙如，不得而知。上述南戏、传奇使用的【二郎神】其唱谱则分别收录于冯起凤《吟香堂曲谱》、叶堂《纳书楹曲谱》、王锡纯《遏云阁曲谱》、张芬《六也曲谱》、王季烈《集成曲谱》、俞粟庐《粟庐曲谱》等清乾隆末期以后编成的曲谱。由这些曲谱所录唱谱看，同一【二郎神】在不同戏中唱谱往往存在很大差异，即使是同一出戏中的【二郎神】在不同的曲谱中也会有不少出入。《琵琶记·廊会》、《浣纱记·别施》等都是连用两支【二郎神】，但其唱谱前后差异很大，几乎是完全不同。这也就是说：至少从南戏、传奇来看，【二郎神】的乐体结构非常不稳定，实在很难视为相对独立的"音乐单位"。

单个的曲牌，不论是南曲，还是北曲，原则上是可以施用于不同戏剧故事中不同人物身上的。如南曲【懒画眉】，《琵琶记》"赏荷"出、《牡丹亭》"寻梦"出、《玉簪记》"琴挑"出、《狮吼记》"梳妆跪池"出，演唱【懒画眉】的分别为蔡伯喈（官生）、杜丽娘（闺门旦）、潘必正（巾生）、陈季常（巾生），此四者的身份、性情、心绪可谓差异极大。

在这样的情况下,如何能保证【懒画眉】曲的"曲式、调式和调性以及本曲的情趣"？又如北曲【耍孩儿】,《邯郸梦》"三醉"出、《宵光记》"救青"出、《红梨记》"醉皂"出、《吟风阁》"罢宴"出皆用之,演唱者分别为吕洞宾(官生)、郑跄(净)、皂隶(副)、寇准母(老旦),四者的差异较前【懒画眉】曲更大。从南北曲整体情况看,南曲【懒画眉】、北曲【耍孩儿】所反映的绝非是个别现象,而是有相当的普遍性的。

而且,用于戏剧中的曲牌,其唱从原则上来说是可以插入念白、中断曲唱的,一支曲牌在唱中因为宾白被分为两三段或更多段,这在元明以来的戏剧演唱中是极其普遍的。如清初时甚为流行的《千钟禄》中的【倾杯玉芙蓉】曲:

(生唱)收拾起大地山河一担装,四大皆空相,历尽了渺渺程途漠漠平林垒垒高山滚滚长江。

(生白)我自吴江别了诸徒出门,师弟二人,一路登山涉水,夜宿晓行。一天心事,都付浮云;七尺行骸,甘为行脚。身似闲云野鹤,心同槁木死灰。

(唱)但见那寒云惨雾和愁织,受不尽苦雨凄风带怨长。

(生白)程徒。(老生白)大师。(生白)看前面是那里了?(老生白)是襄阳城了。

(生白)嘎—喔—唷—

(唱)雄城壮,看江山无恙,谁识我一瓢一笠到襄阳。

很明显,这支【倾杯玉芙蓉】曲被宾白截为三段。在这样的情况下,如何能形成一个整体性的【倾杯玉芙蓉】?

我们也可以试想:像【二郎神】,从唐明皇时的【二郎神】到宋柳屯田的【二郎神】、元高则诚《琵琶记》的【二郎神】,再到清洪昇《长生殿》的【二郎神】,在这一千年中【二郎神】有可能有"确定的旋律"或"定声"么?

【二郎神】最初产生时,当然可能是一首歌曲,同时包含"文"、"乐"两个方面,但由于中国传统社会长期缺少可靠的记谱方式(较为完整的工尺谱直到清中叶才产生),仅靠口耳相传,且极易失传,【二郎神】初始时的"旋律"或"定声"当然是不可能得以保存的。故相隔一定的时空——比如一二百年或者更长时间之后,后来人所作

【二郎神】与前代的【二郎神】充其量只有文体的联系（因为前代的歌辞特别是名家的歌辞，有可能流传后世而被后人模仿），如果歌唱，其"乐"当然相差甚远。

而且从根本来看，中国古代的歌唱，皆以"传辞"为目的，歌唱中的"文"、"乐"关系，始终是"文"为主，"乐"为从，"文体决定乐体"。【二郎神】等调牌文辞内容、情趣以及文体体式多有差异，其唱既然是以"传辞"为目的，这种"文"的差异必然反映在"乐"上；即使是所产生的时空间隔不远，文辞情趣相近，文体格式也相同，由于其文字的四声阴阳不可能完全一致，如果按照宋代以来开始形成的"依字声行腔"的歌唱方法，其"乐"也必然仍会有不少差异，甚至完全不同。

所以，我们一向认定的"每支曲牌唱腔的曲调，都有自己的曲式、调式和调性以及本曲的情趣"，或者说曲牌是一个相对独立的"音乐"结构单位，这种认识，恐怕是有很大问题的。

古人有时也将"曲调"用指音乐性的"'曲'之'调'"，如唐白居易《琵琶行》："转轴拨弦三两声，未成曲调先有情。"将"曲调"指义为"音乐作品的完整的旋律"，是19世纪末西洋音乐进入中国之后的近百余年来，我国近现代音乐理论中因翻译 melody 才开始通用的一个术语，指："建立在一定的调式和节拍的基础上，按一定的音高、时值和音量构成的、具有逻辑因素的单声部进行。"（《中国大百科全书·音乐舞蹈卷》）我国（汉族）传统歌唱理论中，没有特指纯音乐性质、可与 melody 相应的专用术语，因此，介绍西洋音乐进入中国的先贤们将 melody 翻译为"曲调"。这反映了：在19世纪末之前，我国传统歌唱中，原则上没有可以与所歌唱的文体文辞全不相干而独立的纯音乐性质的 melody，因此，也就没有纯音乐性质的 melody 概念。

四、自"文"看宫调与曲牌

与南北曲唱相关的宫调，在宋以前当然是音乐意义的。这要从"燕乐二十八调"说起。所谓"燕乐"，乃与庙堂礼仪"雅乐"相对，"宴飨"时使用的不动钟磬而用管弦之"俗乐"。其源甚古，至少可以溯至晋代。唐代，在西域"胡部（乐）"的催化下，"燕乐"有很大的发展；至唐末成熟，完善为七调高四调式（世称"七宫四调"）组合的"二十八调"，自成体系，世称"燕乐二十八调"。

关于"(唐)燕乐二十八调"的最完整、正确、最早的记录在唐段安节《乐府杂录·别乐仪识五音轮二十八调图》(并不在宋元人编著的《新唐书》、《宋史》等)。据《乐府杂录》、《唐会要》等,可将"二十八调"列表以示,各"俗调名"中皆标以调式。如【中吕调】系羽调式,标为【中吕羽】;【大石调】系商调式,标为【大石商】等。诸(俗)调名标于其调头音的声位上。

设俗律太簇为 A,"二十八调"之"七宫四调"也可列表如下:

运次	首运	二运	第三运	第四运	五运	第六运	第七运
孔声	筒音	×	一孔	二孔	三孔	四孔	五孔	六孔
管色谱字	合	下四	高四	乙 下|高	止 勾	尺	工 下|高	凡 下|高
俗律	太簇	夹	姑洗	中|蕤	林|夷	南吕	无|应	黄|大
二十八调之调头音位、五音位	中吕羽	×	→闰	双商	小石角		徵
	徵		正平羽	道(调)宫	小石商	歇指角	
	变←		徵	*南吕羽	南吕宫	*歇指商	林钟角
	越角		→变 徵	仙吕羽	→闰	仙吕宫	*林钟商
	越商		大石角		*黄钟羽 徵		黄钟宫
	正宫		大石商	高大石角		般涉羽	
	闰←		高宫	高大石商	双角 变←	徵	高般涉羽
雅律	黄钟	大	太簇	夹|姑	仲|蕤	林钟	夷|南	无|应

"均"	羽调式	宫调式	商调式	角调式
中吕 C=1	中吕羽	中吕宫	双　商	小石角
林钟 D=1	正平羽	道调宫	小石商	歇指角
南吕 E=1	高平羽	南吕宫	歇指商	林钟角
无射 F=1	仙吕羽	仙吕宫	林钟商	越　角
黄钟 G=1	黄钟羽	黄钟宫	越　商	大石角
太簇 A=1	般涉羽	正　宫	大石商	高大石角
姑洗 B=1	高般涉羽	高　宫	高大石商	双　角

　　七宫四调的"燕乐二十八调"与十二宫七调的"雅乐八十四调"，是完全不同的两个调式体系。燕乐以其(笛管的"七孔"之)"七音"为"七宫"，构成"七宫系统"。其乐律"七宫七均"，"一均"用羽、宫、商、角"四调(式)"，构成"'二十八调(式)'系统"。雅乐以其"十二律旋相为宫"构成"十二宫系统"。"十二宫十二均"，以"一宫七声"作"一均七调(式)"，构成"'八十四调(式)'系统"。

　　"燕乐二十八调"在唐代完成之后，广泛地使用于世俗音乐(包括五代、宋及其后)。然而，宋代是"燕乐"理论趋于混乱的时期。赵宋一朝"雅乐"观念特别强，企图把"燕乐(二十八调)"纳入"雅乐(八十四调)"之中；致否定俗乐、不承认"俗乐二十八调"是一个自成的调式系统的宋雅乐派，便把"二十八调"瓦解为孤立的一个一个的"调(式)"，纳入雅乐中去了。

　　问题出于观念混淆。"调式(宫调)"，有其自身的规律、法则——不同的"乐律"产生不同的"调式系统"即"宫调系统"，如"八十四调系统"、"二十八调系统"等——是为"乐律学"中的"调式学"。律者，律(法、制)也，"(乐)律，所以立钧出度也"，与音乐作品表现之"音乐艺术学"——"乐(yuè)者，乐(lè)"，是完全不同的两个范畴。

　　调式(宫调)是调式(宫调)，歌唱是歌唱，一如韵类是韵类，韵文是韵文。韵文作品可以择用不同音韵系统(包括今普通话)的各韵类韵部，各韵类韵部可为词作及各类各种韵文作品(包括现代诗)所择用——歌唱可以择用不同乐律系统的各种调式，各种调式可为歌唱及各类各种音乐作品(包括现今的创作作品)所择用。韵类韵部不等于(包括词作在内的)韵文作品，调式不等于(包括词唱在内的)歌唱类种。

其实，研究词曲大不必太关心宫调。《全宋词》收署名词作者1 330余人、词作20 000首。按洛地先生统计，词作上标记"宫调"名者仅13人、词作448首（主要只是柳永、周邦彦、吴文英、张先、姜白石5人，词作432首），仅占署名词作者1%，词作总数5%。这说明宫调对两宋词人意义极其有限。

综合上述，如从"音乐"的角度解释南北曲的宫调、曲牌，显然有问题。故我们且从实际的、"文（体学）"的角度看宫调、曲牌。这样，我们很容易看到，"诸宫调"其曲牌前诸"宫调"标记的为示用韵、换韵。南北曲的宫调为"韵"的标志，同宫必同韵，换宫必换韵。

宫调与韵的关系极大。词调【满庭芳】定格平韵，用仄韵者称【转调满庭芳】，【贺新郎】定格仄韵，用平韵者称【转调贺新郎】，【定风波】定格转韵，故又称【转调定风波】。曲，【转调淘金令】者，转韵也，又称【九转货郎儿】之【转调货郎儿】，九转韵也；【折腰一枝花】，原注"中二句转调，故名折腰"，转韵也。戈载《词林正韵》有云："律不协，则声音之道乖；韵不审，则宫调之理失。"

南北曲曲牌与词牌一样，为一文体单位。唯与律词不一样，绝大多数南北曲曲牌还没有完全实现格律化、规范化，但有些曲牌在有些作家那里已高度律化。从总体而言，我们可以说南北曲演进的历史为不断律化的历史。如【集贤宾】，元张国宾《薛仁贵荣归故里》为：

【集贤宾】是谁人吖吖的叫一声薛大伯？我则道又是那一个拖逗我的小乔才。我行不动前合也那后偃，我立不住东倒波西歪。折倒的我来瘦恹恹身子尫羸，忧愁的我干剥剥髭鬓斑白。则俺那投军去的孩儿哎哟知他是安在哉？我便是那铁石人也感叹伤怀。你不能勾掌六卿元帅府，哎哟儿也你可只落的定一面远乡牌。

洪昇《长生殿》为：

【集贤宾】论男儿壮怀须自吐，肯空向杞天呼？笑他每似堂间处燕，有谁曾屋上瞻乌！不提防枊虎樊熊，任纵横社鼠城狐。几回家听鸡鸣起身独夜舞。想古来多少乘除,显得个勋名垂宇宙,不争便姓字老樵渔!

《长生殿》中的【集贤宾】十句,分别可析为四言句、五言句和七言句,且每句皆为律句。《薛仁贵》剧中的【集贤宾】也是十句,但无从别其正、衬,且多不律之句。

与律诗、律词相对,南北曲除大量使用衬字、一字领外,在二字步外还普遍使用三字步。以下以元曲家马致远【双调·夜行船】(秋思)为例略作分析(一字领领字后标-,衬字用小字,三字步下画线)。

【双调·夜行船】百岁光阴一梦蝶,重-回首往事堪嗟。今日春来,明朝花谢,急-罚盏夜阑灯灭。

【乔木查】想-秦宫汉阙,都做了衰草牛羊野,不恁么渔樵没话说。纵荒坟,横断碑,不辨龙蛇。

【庆宣和】投至狐踪与兔穴,多少豪杰!鼎足虽坚半腰里折,魏耶,晋耶?

【落梅风】天教你富,莫太奢,没多时好天良夜。富家儿更做道你心似铁,争-辜负了锦堂风月?

【风入松】眼前红日又西斜,疾似下破车。不争镜里添白雪,上床与鞋履相别。休笑巢鸠计拙,葫芦提一向装呆。

【拨不断】利名竭,是非绝,红尘不向门前惹,绿树偏宜屋角遮,青山正补墙头缺,竹篱茅舍。

【离亭宴煞】蛩吟罢一觉才宁贴,鸡鸣时万事无休歇,争-名利何年是彻!看-密匝匝蚁排兵,乱纷纷蜂酿蜜,急攘攘蝇争血。裴公绿野堂,陶令白莲社。爱-秋来时那些:和露摘黄花,带霜烹紫蟹,煮酒烧红叶。想-人生有限杯,浑-几个重阳节?嘱咐你个顽童记着,便-北海探吾来,道-东篱醉了也。

马致远为著名元曲家,号称"曲状元"。周德清《中原音韵》评曰:"此方是乐府,不重韵,无衬字,险韵,语俊。谚云百中无一,余曰万中无一。"这套北曲脍炙人口,但使用衬字甚多,似不必讳言。

◎第十讲 诗词曲的歌唱

自先秦以来,中国古代韵文经常作为歌场歌辞而被传诵。汉末以来佛经诵读极大推动了歌唱技艺的提高,其中可能有曹植一类文人的参与。中唐以来,在经济文化高度发展的背景下,产生了一些职业性的歌妓,歌唱技术的普遍提高对诗词传唱有极大的意义。十六世纪中叶,伴随江南经济文化的繁荣与活跃,魏良辅、梁辰鱼等文人的直接参与,曲唱规范最终得以确立。按照这样的理解,我们把中国古代诗词曲的歌唱分为三个历史阶段。

一、先秦两汉的歌唱

自相关文献来看,三世纪之前的歌唱虽有很多,但多为随意性的即兴吟咏。如《晏子春秋》载:"景公筑长庲之台。晏子侍坐,觞三行,晏子起舞曰岁已莫矣,而禾不获。忽忽兮若之何。岁已寒矣,而役不罢。惙惙兮如之何。舞三而涕下沾襟。景公惭焉,为之罢长庲之役。"冯驩为孟尝君客时弹剑而歌、荆轲临易水而歌、项羽被困垓下之歌等皆如此类。

但彼时也有以歌唱闻名者,如《列子》载著名歌手秦青、韩娥之歌技云:

薛谭学讴于秦青,未穷青之技,自谓尽之,遂辞归。秦青弗止,饯于郊衢,抚节悲歌,声振林木,响遏行云。薛谭乃谢求反,终身不敢言归。秦青顾谓其友曰:"昔韩娥东之齐,匮粮,过雍门,鬻歌假食。既去而余音绕梁,三日不绝,左右以其人弗去。"

值得指出的是,此条材料中对歌声的描绘"声振林木,响遏行云"、"余音绕梁"与后世的"啸"、"吟"以及南北曲唱皆属气沉丹田的一种发声,且早在先秦时歌唱方面似已有师徒授受之事。

气沉丹田的歌唱在其他文献中也有近似描述,《礼记·乐记》有:"故歌者上如抗,下如坠;曲如折,止如槁木;倨中矩,句中钩;累累乎端如贯珠。"西汉刘向(约前77—前6年)《别录》中对鲁人虞公歌唱技艺的描绘与秦青相似:"汉兴以来,善雅歌者鲁人虞公,发声清哀,远动梁尘,受学者莫能及也。"

先秦时,各种曲调的流行也有雅俗之分。宋玉《对楚王问》有:"客有歌于郢中者,其始曰《下里》、《巴人》,国中属而和者数千人;其为《阳阿》、《薤露》,国中属而和者数百人;其为《阳春》、《白雪》,国中属而和者不过数十人。"

自宗周讫于隋唐,士大夫阶层不乏能歌善舞者,其主要原因是礼乐教育的传统始终未完全中断。《周礼·大司乐》:"(大司乐)以乐德教国子:中、和、祗、庸、孝、友。以乐语教国子:兴、道、讽、诵、言、语。以乐舞教国子:《云门》、《大卷》、《大咸》、《大韶》、《大夏》、《大濩》、《大武》。"又《通典》卷一百四十六"清乐"条:"昔唐虞讫于三代,舞用国子。……汉魏以来,皆以国之贱隶为之,唯雅舞尚选用良家子。国家每岁阅司农户,容仪端正者归太乐,与前代乐户总名'音声人'。历代滋多,至有万数。"

二、三世纪至八世纪中叶的歌唱

这一时段大概对应三国至唐安史之乱约五百余年的一段历史。自中国诗歌的发展而言,进入魏晋时代,"诗"作为一种文体的观念才真正自觉,文人开始把"诗"作为表现自家才情、志趣的形式,也乐于在宴间临时咏唱,由此中国诗歌在各类文字中显得日益重要。

从歌唱技巧的发展而言,这一时期似因"梵呗"而发现歌咏之法,释慧皎(497—554年)《高僧传·经师传论》云:

> 天竺方俗,凡是歌咏法言,皆称为呗。至于此土,咏经则称为转读,歌赞则号为梵呗。昔诸天赞呗,皆以韵入弦缛(管),五众既与俗违,故宜以声曲为妙。原夫梵呗之起,亦肇自陈思。始著《太子颂》及《睒颂》等。因为之制声,吐纳抑扬,并法神授,今之皇皇顾惟,盖其风烈也。

释慧皎将"梵呗"歌咏之法归功于陈思王曹植(192—232年),颇可令人生疑,但如果我们推论这种歌咏形成于魏晋应大概无误。除"吐纳抑扬"外,释慧皎对"梵呗"还有更具体的描绘:

若能精达经旨,洞晓音律。三位七声,次而无乱;五言四句,契而莫爽。其间起掷荡举,平、折、放、杀,游飞却转,反叠娇弄。动韵则流靡弗穷,张喉则变态无尽。故能炳发八音,光扬七善。壮而不猛,凝而不滞;弱而不野,刚而不锐;清而不扰,浊而不蔽。谅足以起畅微言,怡养神性。故听声可以娱耳,聆语可以开襟。若然,可谓梵音深妙,令人乐闻者也。

按以上文字颇难释读,较之先秦时"声振林木,响遏行云"类笼统描绘,似与晚明魏、梁改革的"昆山腔"更多神似之处。

"梵呗"歌咏之法在魏晋时虽已发现,但彼时一般歌妓临宴所歌恐多仍其旧,故一般对歌妓之唱的描绘多笼统含混。唯值得指出的是,在魏晋六朝以世族文化为主导的文化氛围中,不断产生一些任诞文人沉迷吟咏,中国士大夫阶层率意于歌舞之事也以六朝为最。略引数例如下。

王僧虔《技录》云:"《短歌行仰瞻》一曲,魏氏遗令,使节朔奏乐,魏文(曹丕)制此辞,自抚筝和歌,歌者云贵官弹筝,即魏文也。"

房玄龄《晋书》卷七十九《谢尚传》:"谢尚,字仁祖……善音乐,博综众艺。司徒王导深器之……谓曰:'闻君能作鸲鹆舞,一坐倾想,宁有此理不?'尚曰:'佳。'便着衣帻而舞。导令坐者抚掌击节,尚俯仰在中,傍若无人,其率诣如此。"

房玄龄《晋书》卷九十四《夏统传》:"(夏)统于是以足扣船,引声喉转,清激慷慨,大风应至。含水嗽天,云雨响集。"

唐姚思廉《梁书》卷三十九《羊侃传》:"性豪侈,善音律,自造《采莲》、《棹歌》两曲,甚有新致。姬妾列侍,穷极奢靡。有弹筝人陆太喜着鹿角爪,长七寸。舞人张净琬腰围一尺六寸,时人咸推能掌上舞。又有孙荆玉能反腰帖地,衔得席上玉簪。敕赉歌人王娥儿,东宫亦赉歌者屈偶之,并妙尽奇曲,一时无对。"

唐孟棨《本事诗》曰:"中宗之世,尝因内宴,群臣皆歌《回波乐》,撰辞起舞。时沈佺期以罪流岭表,恩还旧官,而未复朱绂。佺期乃歌《回波乐》辞以见意,中宗即以绯鱼赐之,自是多求迁擢。"

由此可见,六朝以来士人率意歌舞之风始终存在,然而此风至赵宋时似渐消歇。《宋朝事实类苑》卷十九引北宋人刘攽(1023—1089年)《刘贡父诗话》云:

> 古人饮酒,皆以舞相属。献寿尊者,亦往往歌舞,长沙王小举袖云:"国小不足回旋。"至唐太宗,亦自起舞属群臣。古人淳质,舞以达欢欣,不必合度臻好,故人人可为之,不羞不及也。张燕公诗云:"醉后欢更好,全胜未醉时。动容皆是舞,出语总成诗。"又云:"要须回舞袖,拂尽五松山。醉后凉风起,吹人舞袖回。"今时舞者,曲折益尽其妙,非有师授,皆不可观。故士大夫不复起舞矣。或有善舞者,又以其似乐工,辄耻为之。古人之歌,亦复如此,节奏简淡,故三百篇可以吟咏,缘时未有新繁声,自是可喜。自新变声作,日益繁靡,欲令人强置繁声,以三百篇为欢,何可得也?隋以前南北朝旧曲犹颇似古,如《公莫舞》、《丁度护》之类,岂不简淡?自唐以来,此等曲解,又复不入听矣。人但知闻《韶》、《夏》之类,直恐见之,未能忘味也。

这段文字对于我们理解士大夫阶层歌舞之风的消歇极为重要。在刘攽看来,最主要的原因是职业性的乐工因有师授,故能曲尽其妙,相形之下文人们因无师"皆不可观",遂亦不复为"简淡"之歌舞。

自现有文献看,除专属王公贵族的乐人外,以歌舞为业的职业性乐人至迟在北魏时已有。北魏杨衒之《洛阳伽蓝记》卷四有云:

> (洛阳大市)市东有通商、达货二里。里内之人,尽皆工巧屠贩为生,资财巨万。……市南有调音、乐律二里。里内之人,丝竹讴歌,天下妙伎出焉。

唐传奇《李娃传》中对当时职业性歌唱有生动描绘:

士女大和会,聚至数万……(西肆)乃置层榻于南隅,有长髯者拥铎而进,翊卫数人。于是奋髯扬眉,扼腕顿颡而登,乃歌《白马》之词,恃其夙胜,顾眄左右,旁若无人。齐声赞扬之,自以为独步一时,不可得而屈也。有顷,东肆长于北隅上设连榻,有乌巾少年,左右五六人,秉翣而至,即生也。整衣服,俯仰甚徐,申喉发调,容若不胜,乃歌《蒿露》之章,举声清越,响振林木,曲度未终,闻歔欷掩泣。

述及这一阶段的歌唱,不能不提及诗歌吟唱之风对诗歌创作的推动之功。《文心雕龙》"时序"篇有"洒笔以成酣歌,和墨以藉谈笑"。自现有文献看,有许多诗篇即临时写成于华宴,由歌妓或诗人本人吟唱。《魏书》说曹操:"登高必赋,及造新诗,被之管弦,皆成乐章。"陆机《吴趋行》有:"四坐并清听,听我歌吴趋。"《南史》说:"(陈)后主每引宾客游宴,则使诸贵人女学士与狎客共赋新诗。采其尤艳丽者,以为曲调,被以新声,选宫女千数歌之。"而文人们也往往因自家诗作被咏唱而得意。白居易《又闻歌妓唱前郡守严郎中》诗云:"已留旧政布中和,又付新诗与艳歌。"元稹《见人咏韩舍人新律诗因有戏赠》诗云:"轻新便妓唱,凝妙入僧禅。"薛用弱《集异记》所载"旗亭画壁"故事未必属实,但这一故事颇可见当时名士诗句被诸弦管之风气。

三、八世纪中叶至十六世纪中叶的歌唱

六朝以来,江南经济的持续发展,使之最终在唐中叶超过中国北方,教育文化方面亦然。其分界点大概为安史之乱。对中国韵文的写作而言,此前已出现了以唐律诗为代表的高度精美的文字,此后受唐律诗的影响,律词、南北曲也日益成为不可忽略的两类文字,明清人已将"唐诗"、"宋词"、"元曲"并称。而律词、南北曲这两类文字似乎与音乐或歌唱的关系更加密切。

八世纪中叶以后的诗、词、曲之唱,职业性的歌妓为最主要的承担者,他们一般是官宦人家豢养的家乐,也有四处流浪卖艺的伶人、戏子。自史料来看,职业性歌唱技巧的发展和成熟,首先表现在师徒授受有序。《教坊记》、《乐府杂录》、《碧鸡漫志》、《青楼集》等文献此类记载甚多。

唐代官乐图（宋人临摹唐画）

唐崔令钦《教坊记》云："任智方四女皆善歌。其中二姑子吐纳凄惋，收敛浑沦；三姑子容止闲和，旁观若意不在歌；四姑子发声遒润虚静，似从容中来。"

唐范摅《云溪友议》："有俳优周季南、季崇及妻刘采春自淮甸而来，善弄陆参军，歌声彻云。篇韵虽不及（薛）涛，容华莫之比也。……（周）德华者，乃刘采春女也，虽《罗唝》之歌不及其母，而《杨柳》之词采春难及。崔副车宠爱之异，将至京洛，后豪门女弟子从其学者众矣。温、裴所称歌曲，请德华一陈音韵。以为浮艳之美，德华终不取焉，二君深有愧色。所唱者七八篇乃近日名流之咏也。"

元夏庭芝《青楼集》"赛帘秀"条："朱帘秀之高弟……响遏行云，乃古今绝唱。"又"张玉莲"条："南北旧曲，其音不传者，皆能寻腔依韵唱之。……有女倩娇、粉儿，数人皆艺殊绝。"

由此可见，高水平的歌唱非常依赖经验的积累和传承。自史料来看，家庭中母女授受的情况似较多，也有一般性的师弟授受（如《云溪友议》中的周德华、《青楼集》中的朱帘秀）。以歌舞为业者也多为女性。故宋王灼《碧鸡漫志》在列举历代善歌者后，有评论说："古人善歌得名，不择男女。……今人独重女音，不复问能否，而士大夫所作歌词亦尚婉媚，古意尽矣。政和间李方叔在阳翟，有携善讴老翁过之者。方叔戏作【品令】云：'唱歌须是玉人，檀口皓齿冰肤。意传心事，语娇声颤，字如贯珠。老翁虽是解歌,无奈雪鬓霜须。大家且道,是伊模样,怎如念奴。'方叔固是沉于习俗,而'语娇声颤',那得'字如贯珠'?不思甚矣!"由此也可理解宋人词何以多以妩媚相尚。

八世纪中叶以后的诗、词、曲之唱多为女性歌妓,但也不乏男性。如唐天宝年间的何满(元稹《何满子歌》)、李龟年(郑处诲《明皇杂录》)、李八郎(胡仔《苕溪渔隐丛话》)、韦青(清)(顾况《赠韦清将军》)等。

那么,这一阶段较之前一阶段,究竟有哪些进步呢?窃以为最主要的是依字声行腔的歌唱逐渐开始流行(在前一阶段可能仅限于僧人梵呗及少数的唱家)。唐段安节《乐府杂录》"文溆子"条云:

> 长庆中俗讲僧文溆善吟经,其声宛畅,感动里人。乐工黄米饭依其念四声"观世音菩萨",乃撰此曲。

这是最早明确提到乐人主动学习梵呗之法的材料。北宋王溥《唐会要》卷三十四"论乐"提及伶官李可及的歌唱也特别引人注意:

> 咸通中伶官李可及善音律,尤能转喉为新声,音辞曲折,听者忘倦。京师屠酤少年效之,谓之"拍弹"。

此处所谓"音辞曲折"是否可从四声的角度解释,笔者未敢遽尔下判,因为其他唐人文献中尚未见有依字声行腔的歌唱记载,有之则在北宋以后。如沈括(约1031—1095年)《梦溪笔谈》卷五:"古之善歌者有语谓'当使声中无字,字中有声'。凡曲止是一声,清浊高下如萦缕耳,字则有喉、唇、齿、舌等音不同。当使字字举本皆轻圆,悉融入声中,令转换处无磊块,此谓'声中无字',古人谓之'如贯珠',今谓之'善过度'是也。"

南宋陈云靓所编《事林广记》"遏云要诀"条:"夫唱赚一家,古谓之道赚。腔必真,字必正。欲有墩、亢、掣、拽之殊,字有唇、喉、齿、舌之异;抑分轻、清、重、浊之声,必别合口、半合口之字。"

南宋姜夔(1155?—1221年?)《大乐议》云:"七音之协四声,各有自然之理,今以平入配重浊,以上去配轻清,多不谐协。"

南宋张炎(1248—1314年后)《词源》"讴曲旨要"节云:"腔平字侧莫参商,先须道字后还腔。字少声多难过去,助以馀音始绕梁。"

元夏庭芝《青楼集》"张玉莲"条:"南北旧曲,其音不传者,皆能寻腔依韵唱之。"

由此我们认为,至迟在北宋时,诗唱、词唱已多用依字声行腔的歌唱。

四、十六世纪中叶以后的歌唱

十六世纪中叶,魏良辅、梁辰鱼(1521—1594年)改革昆山腔,可谓中国歌唱史的标志性事件。魏、梁之后,陆续产生了一大批文人唱家,侯朝宗(1618—1654年)、叶堂(1724—1799年?)、钮树玉(1760—1827年)、俞宗海(1847—1930年)等皆为其中最杰出者。我们可以说,十六世纪中叶以后,正是因为一大批男性文人唱家的参与,才大大提高了中国古代歌唱的艺术水准。

清华喦(新罗山人)所绘描绘士大夫度曲的《度曲小桃园》图

魏、梁对旧有的"昆山腔"的改造，一方面改吴方言唱为规范的通语唱（所谓"中州韵"）；另一方面，也是最主要的一方面，即原先字、声不应的唱改为严格的依字声行腔的唱。晚明曲家沈宠绥在其《度曲须知》中总结其歌唱之"理"云：

嘉、隆间，有豫章魏良辅者，流寓娄东鹿城之间，生而审音，愤南曲之讹陋也，尽洗乖声，别开堂奥，调用水磨，拍捱冷板，声则平、上、去、入之婉协，字则头、腹、尾音之毕匀。功深镕琢，气无烟火，启口轻圆，收音纯细。……要皆别有唱法，绝非戏场声口，腔曰"昆腔"，曲名"时曲"。声场禀为曲圣，后世依为鼻祖，盖自有良辅，而南词音理，已极抽秘逞妍矣！

以下我们则以高濂《玉簪记·琴挑》【懒画眉】曲为例说明。以魏、梁为代表的曲唱，其特征主要体现在以下四方面：

（一）曲文之"韵"字为乐句的"落音"，韵处必为板位（击板的位置）。从律句的构成看，律句是以末（韵）字为基点向上（前）构建的，故韵字为律句的根基。这一点反映在音乐上即是：乐句是以"落音"为基点向上（前）建构成乐句的，乐句旋律是可以变动的，而"落音"则不可移，凡韵处必用板。刘勰《文心雕龙》说："异音相从谓之和，同声相应谓之韵。"韵文中的韵字前后呼应，形成和谐之美，而乐曲中的"落音"也前后相应，造成统一之感。如前举【懒画眉】曲的韵字分别为浓、蛩、风、梦、红，这五字分别为五乐句的"落音"（皆为六字调的四音，即 F 调的 6 音），五韵字皆在板上。

（二）文句之步位为乐句之板位，字步为点板之重要依据。昆曲唱分"散板"唱、"上板"唱两种。散板唱是无"节拍"的，如果动"板"，一般都是"声尽"而下板，即在文句末（韵）字后击鼓板。对"上板"唱而言，确定"板位"的原则主要有两条：一是板以点韵，即文句用韵处必用板（此所谓"韵处必用板"，指的是"大韵"，"小韵"十之八九也用板）。二是板以分步，步位为板位。如奇言句，韵字为一板，韵字前两字为一步，一步为一板，故五言句为三板（如 | 落叶 | 惊残 | 梦一 | ），七言句为四板（如 | 欹枕 | 愁听 | 四壁 | 蛩一 | ）。偶言句情况与奇言有异。偶言句的四言，两字一步共两步，句末韵字在板，韵字前面的一步在板，后面一步的步位势必不能在板，故有切分，如 | 朝飞暮 | 卷一 | 云霞翠 | 轩一 | （《惊梦》）。偶言句的六言句，则是在四言的基础上前伸一步（如七言为五言的前伸），如 | 似我 | 乱愁交 | 并一 | （《闻铃》）。前举【懒画眉】曲，按"板以点韵"的原则，"浓、蛩、风、梦、红"五韵字各占一板；按"板以分步"的原则，位于步位的"露、愁、四、赋、惊、芳、数"七字各占一板。位于五、七言句首步的字一般不占板位，故位于首步步位的"欹、伤、落、闲"四字不占板位；七言句倒数第三步不一定占板位，故本曲的"宋"字未占板位；本曲首句"月明"二字系散唱，曲自第三字"云"起板。这样，【懒画眉】全曲韵位五板、步位七板，共十二板，加底板一板，共十三板。

（三）汉字之声调为乐音之起伏（旋律构成）。曲唱字腔皆有行腔格范，通称"腔格"。汉字有平、上、去、入四声，四声又有阴阳之别，字声有别，其腔格亦异。平声字中的阴平声字，其腔格必作高平，呈"―"状，如【懒画眉】曲的"听、伤、秋、西、风、芳"等字皆如是。平声字中的阳平声字，其腔格必由低转高，呈"／"状，如前曲中的"明、云、华、浓、愁、残、闲、红"等字皆如是。上声字的阴上、阳上差异不大，其腔格都是先降后升，呈"∨"状，前曲中的"枕、数"皆如是。去声字的腔格是先上行后下行，呈"∧"状，前曲中的"露、四、宋、赋"等字皆如是。阴去字、阳去字腔格略有异，阴去字字腔的末一音不能高于出口音（如"宋、赋"二字），阳去字字腔的末一音不能低于出口音（如"露、四"）。入声字的腔格都是出口即断，谱中常以"▼"表示，前曲中的"月、壁、玉、落、叶"字皆如是。阴入字、阳入字略有差异，阴入字出口音应高于其相邻的字腔音（如"壁"字），阳入字出口音宜低于其相邻的字腔音（如"月、玉、落、叶"）。正因为此，【懒画眉】曲前两句四声组合为"入平—平去—去平—平"、"平上—平平—去入—平"，故其乐句旋律线反映的也正是其字声的特征：

　　　　▼/…|/|∧…|∧/…|/…|—√…|/—…|∧▼…|/…|
　　　　月明　云淡　露华　浓。欹枕　愁听　四壁　蛩。

而【懒画眉】全曲的音乐旋律实际是本曲三十三字的腔格前后连串而成。

（四）汉字之反切为曲唱出字收音的根本依据。反切是中国古人发明的对汉字注音的一种科学方法，反切前字表字之声母，反切后字表字之韵母。反切之理实与曲唱之法相通，盖"切法即唱法也"。曲家沈宠绥《度曲须知》论及"出字收音"云："凡字音始出，各有几微之端，似有如无，俄呈忽隐，于萧字则似西音，于江字则似几音，于尤字则似奚音。此一点峰芒，乃字头也。餂字头轻轻吐出，渐转自腹，徐归字尾，其间从微达著，鹤膝蜂腰，颠落摆宕，真如名珠走盘，晶莹圆转，绝无颓浊偏歪之疵矣。"为了说明曲唱之法，沈宠绥则在二音共切的基础上，更提出"头、腹、尾三音共切"（如"皆"为"机、哀、噫"共切，"囚"为"齐、侯、呜"共切），以此启发唱者将字之头、腹、尾交代明白。

如果诗、词、曲作为一种文字，其对汉字的利用主要在用韵，声调仅限于区分平仄，而曲唱则充分利用了汉字声、韵、调三要素，且平、上、去、入四声中有阴阳之别。从这一意义上，我们可以说南北曲唱是最具华夏民族特征的唱，是真正的"民族唱法"，我们不能将此仅仅归功于魏良辅、梁辰鱼等一两位曲家，曲唱不是几位曲家在十数年间偶然发明创造出来的，魏、梁的"时调"、"新声"，实际上是以对此前（唐）诗唱、（宋）词唱的直接继承为前提的，是华夏民族两千年"歌永言"传统的继承、发扬。

◎参考文献

1. 《诗经注》,程俊英等注,中华书局,1991年版
2. [宋]洪兴祖《楚辞补注》,中华书局,1983年版
3. 《昭明文选》,中华书局,1977年版
4. 逯钦立辑校《先秦汉魏晋南北朝诗》,中华书局,1988年版
5. [宋]郭茂倩编《乐府诗集》,中华书局,1980年版
6. [清]曹寅等编《全唐诗》,中华书局,1979年版
7. 唐圭璋编《全宋词》,中华书局,1965年版
8. 隋树森编《全元散曲》,中华书局,1964年版
9. [明]臧懋循编《元曲选》,中华书局,1964年版
10. [明]毛晋编《六十种曲》,中华书局,1964年版
11. 蘅塘退士(孙洙)编《唐诗三百首》,中华书局,1980年版
12. 唐圭璋编《宋词三百首笺注》,上海古籍出版社,1979年版
13. [元]周德清著《中原音韵》,中国戏剧出版社,1959年版
14. 杨荫浏著《中国古代音乐史稿》,人民音乐出版社,1980年版
15. 陆侃如、冯沅君著《中国诗史》,百花文艺出版社,1999年版
16. 吉川幸次郎著《中国诗史》,复旦大学出版社,2001年版
17. 杨仲义著《中国古代诗体简论》,中华书局,1997年版
18. 吴熊和著《唐宋词通论》,浙江古籍出版社,1985年版
19. 洛地著《词乐曲唱》,人民音乐出版社,1995年版
20. 洛地著《词体构成》,中华书局,2009年版

◎ 后　记

从音乐或音乐文化的角度,考察以诗、词、曲为代表的中国古代韵文,在过去的研究中不能说没有,惟多集中在唐宋以后的词曲方面。近十年中,则产生了许多延伸至两宋前诗歌领域的研究,中国诗歌(包括词、曲)与中国音乐关系的研究,在古典文学研究界几有成为"显学"之势。

然而,音乐对中国韵文各体文字的产生究竟有多少意义?词、曲是否为"音乐文学"?对这些根本性问题,尤需实事求是、小心谨慎地对待。因为现存诗唱、词唱、曲唱的音乐史料非常缺乏,极易陷入"竞于无形之域,讼于无证之庭"类的纠缠,也更易身入迷途而不知返。

笔者近年专力于此,如有所得,自当归于洛地先生的启发和引导。这本小册子更有很多章节内容直接袭自洛地先生《词体构成》、《词乐曲唱》等文著,读者诸君如有意对相关问题探明究竟,仍宜研读洛地先生原作。

小书之成,极为仓促。幸赖邹青、朱浩、任淼、杨伟业诸君协助校订,藉此申谢。匡谬指瑕,则敬待读者诸君。

解玉峰
2013 年元月 20 日

图书在版编目(CIP)数据

诗词曲与音乐十讲 / 解玉峰著. —南京：南京大学出版社，2013.10
南京大学文学院新生研讨课系列教材
ISBN 978-7-305-11742-8

Ⅰ. ①诗… Ⅱ. ①解… Ⅲ. ①古典诗歌—关系—音乐—研究—中国　Ⅳ. ①I207.22

中国版本图书馆 CIP 数据核字(2013)第 151678 号

出版发行	南京大学出版社	
社　　址	南京市汉口路 22 号　　邮　编　210093	
网　　址	http://www.NjupCo.com	
出 版 人	左　健	
丛 书 名	南京大学文学院新生研讨课系列教材	
书　　名	诗词曲与音乐十讲	
著　　者	解玉峰	
责任编辑	马蓝婕　　　　　　编辑热线　025-83594071	
照　　排	江苏南大印刷厂	
印　　刷	南京人民印刷厂	
开　　本	787×960　1/16　印张 9　字数 140 千	
版　　次	2013 年 10 月第 1 版　2013 年 10 月第 1 次印刷	
ISBN	978-7-305-11742-8	
定　　价	20.00 元	

发行热线　025-83594756　83686452
电子邮箱　Press@NjupCo.com
　　　　　Sales@NjupCo.com(市场部)

＊版权所有,侵权必究
＊凡购买南大版图书,如有印装质量问题,请与所购
　图书销售部门联系调换